세계의 고아

세계의 고아

송용탁 시집

아시아

세계, 내 언어 속에 서라

어설픈 백치의 춤을 춘다

눈이라도 오면 순해질까

나를 물고 도망치는

야수가 깊다

세계의 고아

시인의 말

제1부 떠난 것들의 초대

제2부 습관성 죽음에 대하여

해설

제1부 떠난 것들의 초대

세계의 고아

검은 개는 끝내 정물이 되지 못했다

꼬리가 몰래 웃어버렸거든

검정이 너무 많아서 만질 수 없었다

물감은 충분했는데 말야

화폭이란 편견이 시간의 뿌리에 닿았다

밤이라는 긴 거짓말을 알아버렸어

여태 검은 개를 안고 살았네

흰 눈동자의 시간은 추상이 된다

검은 털을 세상에 벼리는, 붓질은
늘 외로운 질문이다

혼자라는 내부를 그려보고 싶었다

내 안에서 나를 부르는 사람이 있다

저 꼬리는 얼마나 즉물적인가

공중이 혼자 돈다

깜박깜박 흰 눈동자가 켜질 때마다

얼굴도 모르는 엄마가 웃었다

척력

달의 인력이 바다를 움직인다고 배웠다. 나는 믿지 못
했다. 아빠가 술에 취해 허우적거릴 때마다 달을 밀어내
야 했다. 검은 바다가 가득해야 했다.

그날은 그믐이었다.
바다가 아빠를 데려갔으면,

달이 보이지 않아 소원을 빌 수 없었다. 자고 나면 늘
바다의 발등이 부어 있었다. 아빠는 밤새 밀물과 싸운 듯
했다. 나도 아빠도 보이지 않는 것들의 소매를 쥐고 있었
나 보다.

보이지 않는다는 것은 성가신 일이다.

엄마가 꿈에서 다녀간 날. 밤새 달이 나를 당기고 있었
다. 거꾸로 신은 양말처럼 인력의 실밥이 흩어졌다. 양말

은 늘 왼쪽과 오른쪽을 두리번거린다. 엄마는 끝까지 대답하지 않았다. 결국 맨발이 시려 월면을 걷지 못했다.

눈을 뜨고 싶지 않았지만 바다라는 유목의 방식은 변하지 않았다. 보이지 않는 것들이 나를 데려가지 않을 때 나를 밀어낼 때마다 실눈도 없이 입을 감아야 했다.

바다는 시시한 아빠나 쫓아다녔고 달은 까만 손으로 엄마의 젖을 짜고 있었다.

바다가 꿈을 꾸었다, 그리고 다음 날
아빠가 보이지 않았다.

무척 성가신 일이 생긴 날이었다

봄잠

나는 엄마에게 잠 오는 약을 억지로 먹였고 오월의 선
잠이 가까워졌음을 안다

오빠는 나의 꿈속까지 따라왔고 나와 엄마의 이유보다
아름답게 보였다

현관에 흙발이 진창이었다 누군가 다녀가야 했다 그래
야 말이 됐다

섬망은 가장 편리한 해독 같았다

소염제와 흰 붕대를 감고 이 밤과 저 밤들을 오고 갔다

지난밤에 어딜 다녀오셨나요

메마른 도끼가 현관의 센서등을 괴롭혔다

오월을 견디기 위해 마른 장작이 더 필요하다고 말했다

광주의 어느 날은 사람들이 나무처럼 서 있었다

각몽은 아직 도착하지 않은 것들을 기다려 주었고 때
문에 계절의 주사위는 바쁘게 흔들렸다

나는 따뜻한 우유 한 잔을 준비했고 내 몸에서 나오지
않는 것이 아쉬웠다

오빠를 재우려 한 것은 아니었다
대낮은 이미 일어서 있었고 잠은
산 사람의 시간을 지키지 않았다
오빠는 우리보다 먼저 장작이 된 나무였다
엄마와 나는 따뜻하게 몸을 지졌다
눈물은 무엇이 녹아 흐르는 것인지 궁금할 때
오빠가 조금씩 녹고 있었다

식탁 위엔 주인 없는 밥그릇과 국그릇이 놓여 있었다
엄마와 나는 실종된 사람과 식사를 해야 했다
엄마 난 잠에서 깬 건가요
오빠 앞의 물 잔이 깨졌다
엄마와 나는 이미 금이 간 사람이었다

나무에게 계절은 끝나지 않는 식사 같아요

오월의 새들이 주워 온 머리카락 한 줌을 쥐고
낮은 음성을 기다려야 했다

신열이 오는 것은 접신의 입구라고 말할 수 있나

오빠를 안은 내 이마에 엄마가 차가운 손을 올려주었다
열이 없다고 거짓말을 했고 나는 안심을 할까 봐 겁이
났다
여러 사람들의 이마가 한데 모여 서로의 이마를 짚어
주고 있었다

쥔 손을 펴자
오빠가 개처럼 한 톨도 남김없이 핥아 먹었다

그래도 우리는 깨끗한 사람이 되지 못했다

진찰

날개의 동작은 너무 역설적이야

나비를 만지면
날개도 가루로 흩날렸다

비음이 터지면
자살과 타살이 동시에 일어난다

마치, 마취를 한 사람처럼
엄마를 닮은 나비의 동선을 힘껏 쥐었다

좁은 잠덧보다 진료의 나날이 더 갑갑했다

엄마는 매일 밤 고사지로 날아갔다 내가 엄마를 잡아
먹었다는 소문을 들었을 때 내 엄지와 검지 사이에 예쁜
날개 하나 찢어져 있었다 엄마의 여정은 날개 하나로 충

분했나 봐 한 손으로 박수는 못 쳐도 아름다울 수 있나
봐 내 서식지에 흰 점들이 자라고 숲이 우거져도 내 가슴
사진 속엔 마음이 보이지 않아 왜 사람들은 날개도 없이
죽을 생각을 했을까요 더 큰 병원으로 가야 합니까 병실
마다 수면이 문제라면 내가 몽땅 자버릴까요 당신의 더
듬이는 너무 이국적입니다

가슴 사진 속
큰 나비가 살고 있었다
내가 삼킨 건 흰 나비
비음이 쉬 나지 않았다

이런 걸 중의적이라고 한다면
엄마는 지독한 전염병 같은 거라고

내가 아는 곤충들 모두 서로 다른 병명으로

매일 밤마다

저마다의 병실을 써 내려가고 있었다

편도

그의 나라는 겨울산보다 꼬리가 짧았다

내가 그의 뒤를 밟자마자 산의 시간은 고갈되었다. 동면은 아름다운 관습이야. 뒷모습이 덤덤하게 말을 건넸다. 나는 뜨거운 돌 하나를 던졌다. 시간도 쌓이면 산이된다고 했다. 우리는 낮았지만 산길은 깊었다. 우린 무덤의 마을을 지나고 있었다. 저들도 겨울잠을 자고 있는 것일까. 세상의 모든 시간이 모였고 당신은 세상을 서둘러지우고 있었다. 산의 이마에서 신열이 느껴졌다. 등이 가끔씩 뒤돌아보았다. 그의 국경에 슬픈 운율 돌았다. 그의노래는 신의 권리보다 높은 곳에 있었다.

— 아버지 겨울이 오기 전에 사라지세요

그의 대답은 오래된 우물이었다. 그는 여전히 읽기 힘든 활자로 걷고 있었고 쉽지 않은 발음이 나를 곤란하게

했다. 그가 산을 오를수록 나는 지하가 되었다. 당신의
감소는 산의 무게에 비례했다. 나 역시 익숙해질 시간이
필요했다.

　　—아버지는 하현보다 아름다워요

　　한동안 잠들기 전에 소등하지 못했다
　　믿음이 없는 사람은 쉽게 불을 켠다

　　서쪽의 문장이 끝나도
　　그는 산에서 내려오지 않았다

　　그믐이었다

맘

노을은 혼자 시작할 수 없었대

슬픔은 나를 목격했다고 말하네

골목의 고통은 무척이나 차분한데

그래서 나는 소리내어 울었나 봐

유년은 계속 잠을 자고 있어서

유물을 오래도록 깨우지 못했나 봐

기다리는 노을을 숨어서 지켜봤어

슬픔 없는 애도를 배우다가

난 밤의 굳은살이 되기로 했어

몇 년 몇 월 며칠 동안

혼자는 잇몸 속에서 나오지 않아

엄마는 몸도 없이 우는 사람

저기 긴 연주를 시작하는 강 속에

달이 뜨네

그저 한때의 밤이 흩어지네

피에타

1. 한쪽 눈만 뜨고 있었다

우리는 여기에 있었다
여기가 어딘지도 모른 채

가료가 시작된 후 엄마의 방은 고인 침묵을 퍼내야 했
다 이탄은 천천히 뜨거워졌고 제 몸으로 데우는 온수를
기다렸다 은밀한 섬모마다 촉각이 달랐다 조명이 고장
난 방은 견디기 위해 견뎌야 했다 눈구멍과 목구멍은 뭐
라도 채울 때까지 잠들지 않았다 그 겨울, 죽기 위해 사
는 사람이 있었다 적설은 역설을 이해하지 못했다 겨울
에 태어난 개는 겨울을 물고 다녔다 뼈밖에 남지 않은 나
는 뼈를 물고 견뎠다

거실은
내내 검은 눈이 내렸다

엄마는 몸을 감춘 채 술래를 자처한다

이타적인 유방은 다른 숨에게 젖을 물리고
수많은 공백들이 채워지는 소리들
문밖의 정적은 엄마의 흔적을 닦고 있었다

고인 가래를 며칠 동안 모으면 어제를 뱉은 곳은 오랫
동안 눈이 녹지 않았다 빛이 없는 사람이 떳떳하게 서 있
는 것은 연민이다 나는 악, 하고 소리쳐 보다

흰 손목들의 한계가 뚝뚝 부러졌다 검은 동자가 흰 동
자를 먹는다 밤새 유축이 끝날 때까지

흑안이 피안을 물었다

2. 나안, 수상한 집에서 살아요

혐의를 벗지 못한 날씨와 확정된 배경만 있으면 우리는 비가 이름을 얻는 장면을 관찰할 수 있어 마당이란 장르를 소개하다 말고 목 멘 사람의 집이 어디냐고 묻는 비의 뭉치들 나안 추모적 자세를 위해 종일 슬픈 노래를 작곡했다 여긴 세상에 없는 문장들을 조립하는 심상 공작소 비 냄새를 발명한 건 나안이 아니랍니다 처음 후각을 가진 사람의 수심이 쌓인다 저 깊은 온도를 맨몸으로 맞으면 나안 질흙의 걸음 비는 걸음마다 신발을 벗어놓고 가벼워졌다 연기처럼 수척해지는 방에 들어가 몸을 잠그고 목 멘 사람이 보이는 창을 발명해 보도록 그럼 나안 부록처럼 오목한 마음으로 충분히 야윈 소문이 될 텐데 그토록 누수를 기대하며 젖은 이불을 이마까지 올린 채 우르르르 쏟아지는 심장의 말을 뱉으면 늘어나는 웅덩이들 우르르르 수상한 단추를 채우는 나안 비집고 나온 구

름은 최초의 재료 섭씨라는 탄식을 배우는 날들 목 멘 자
도 실눈을 뜨는 날들 나안 나안 난

3. 내 옆에 있었네

얼마 전에 죽은 아무개에 대해 얘기하는 여자와, 타에
게 향기를 전해주는 그대라는 이야기와, 향의 밀도를 말
해주는 순간, 나는 그 사람의 향기를 맡고 싶었다. 비가
오는데 비를 피하지 않는 사람처럼 사람이 오는데 사람
을 피하는 기분을 어떻게 설명해야 할까. 방 안 가득 빗
소리. 아르페지오가 손가락을 따라 목을 놓네. 산소는 안
죽을 만큼만 남겨주세요. 호흡은 혼자서 하는 게 아닌가
봐요. 당신의 변주를 따라 옆을 만드는 밤.밤새.그토록

내 옆에 향기 나는 죽음이 있었네

사다함
—한 번밖에 생을 받지 않은 자

쉬는 날 놀이공원에 가자고 했습니다

　　그래서 난 광대가 되었습니다

물고기 보러 바다에 가자고 했습니다

　　그래서 난 어부가 되었습니다

죽은 사람 보러 납골당에 가자고 했습니다

　　그래서 난 시인이 되었습니다

차라리 무너진 구중에 버리지 그랬어

그럼 난 폐족이 되었을텐데

나는 오래전에 버려진 아이입니다. 만년 전에는 땅을
기던 용족이었고, 천년 전에는 싱그러운 배추였으며, 백
년 전에는 스콜을 뒤집어쓴 비옷이었습니다. 십년 전에
는 순장된 구겨진 옷이었고 오늘은 당신이 잃어버린 우
산입니다.

미아는 잘 아는 사람에게서 시작되는 길입니다

어제의 장소에 우두커니 꽂힌 채 나는 봄이 되겠습니다. 혼자 뒤집힌 구두처럼 겨울로 와서 여름으로 갑니다. 적당한 곳에서 당신의 물색으로 이격된 갈림길이 되겠습니다.

뒤집힌 구두의 불편함이 당신을 자꾸 뒤돌아보게 합니다

내일도 몸 입기를 시작할 테죠

살짝 올라간 입꼬리로 한 문장이 됩니다

결

빈 도시락 통이 다리를 통통 칠 때면 무릎 근처에서 달그락 물결이 일었다. 학교 마른 운동장을 가로질러 집으로 돌아가는 길. 길은 흐르고 나는 고인다. 이름 모를 꽃들이 내 이야기를 엿듣곤 했다.

결이란 말은 혼자서도 혼자가 아닌 마음

늘 골목 끝에 서 있던 엄마가 없다. 세상의 숨결이 겉잎을 버리는 시간. 혼자라는 속잎이 있다. 시시한 놀이가 거친 숨결을 달랜다. 견뎌야 하는 목록이 늘어날수록 숨은 여러 결로 쌓였고 숨을 내쉬기 힘든 무게가 있었다.

소실된 곳에 가면 세상은
나를 설득하고 싶은 모양이다
떠난 마음들이 사는 도래지가 있다고,

노을의 손을 잡고 뛰었다. 엄마의 살에서도 물결이 인다. 살의 결이 말을 걸어올 때 길은 생이 아닌 다른 힘으로 걷게 된다. 엄마와 살이 닿으면 다 말하지 않아도 엄마는 알았다. 나는 혼자가 아닌 것 같아 응결된 마음이 눈물처럼 흘렀다. 세상의 길이 붉게 일렁거렸다.

빈 도시락 통이 달그락달그락 계속 흘러갔다.

목다보

아버지는 목수였다

팔뚝의 물관이 부풀어 오를 때마다 나무는 해저를 건
던 뿌리를 생각했다. 말수 적은 아버지가 나무에 박히고
있었다.

나무와 나는

수많은 못질의 향방을 읽는다

콘크리트에 박히는 못의 환희를 떠올리면 불의 나라
가 근처였다. 쇠못은 고달픈 공성의 날들. 당신의 여정을
기억한다. 아버지의 못은 나무못. 나무의 빈 곳을 나무로
채우는 일은 어린 내게 시시했다. 뭉툭한 모서리가 버려
진 나무들을 데려와 숲이 되었다. 당신은 나무의 깊은 풍
경으로 걸어갔다. 내 콧수염이 무성해질 때까지 숲도 그

렇게 무성해졌다. 누군가의 깊은 곳으로 들어간다는 건
꽂히는 게 아니라 채우는 것. 빈 곳은 신의 거처였고 나
의 씨앗이었다.

그는 한 손만으로 신을 옮기는 사람

나무는 노동을 노동이라 부르지 않는다. 당신에겐 노
동은 어려운 말. 그의 일은 산책처럼 낮은 곳의 이야기였
다. 숲과 숲 사이 빈 곳을 채우기 위해 걷고 걸었다.

신은 죽어 나무에 깃들고

아버지는 죽어 신이 되었다

나무가 햇살을 키우고

나는 매일 신의 술어를 읽는다

목어처럼 해저를 걷는다

빈산에 편지만 놓고 갔어요

네가 나를 빈산이라 부를 때가 있었다

너의 젖음이 어디서 기원하는지
나는 모른다

그저 파꽃의 무렵
파문이 끝난 곳

달 한 송이 피고 지는 산정에
지붕 없는 집 한 채 짓는 것

그저 빈산이면 됐다고
방백처럼 경계 없는 말을 했다

파꽃이 진 이후 좌초된 이유가 늘었다
서간에는 수백의 달이 뜨고 있었다

예감은 달의 뒷면과 닮았다

등만 있는 산은 늘 적막했다

울지 마 소녀야

봄여름가을겨울

너는 내게 늘

빈산을 찾는 한 어절이었다

바람역

천국에서 떨어진 새들이 군락을 이루고 있었다

도시의 마차는
바람을 앞세워 달려 들었고
가슴으로 엎드린 지하도가 옆에 있었다

나는 그만 길을 잃어버렸고
미지근한 질문을 만들어야 했다

— 돌아갈 이유는 아버지만 모릅니다

체온이 남아 있는 새털이 가득
둥지를 공중에 둔 사람들
어설픈 질문을 만지고 놀았다

— 너는 아직도 혼자 잠들지 못하는구나

도시의 구석에 숨은 바람
혼자 태어난 놈처럼 종일
한쪽 눈 감은 새들을 만지고 놀았다

— 고생대 어디쯤 날아가고 싶나요

바람이 다시 마차의 꼬리를 물고
오래된 양치식물을 밟고 지나간다
누구에게 보내는 편지일까
고사리 같은 발음을 흔든다

— 새는 날개를 빌려주지 않는단다

그들은 집으로 돌아가지 않았다
아버지의 어깨가 흔들리고

새가 대신 울어주었다

수척해진 지상은 달보다 먼저 흰 눈이 되었다

야반도주

소녀는 잎을 닫고 나가

흰 밤이 됩니다

본 사람 없으니 이름도 없어요

사연은 이미 연못에 두었답니다

연못이란 말에 박힌 못은 내가 뽑을게요

먼발치를 맴도는 안개가 있습니다

흰 밤의 무늬 속 날개만

소녀가 남긴 노래를 들어요

저 서러운 밤길을 뒤쫓으면

때늦은 꽃만 답힙니다

연못을 빠져나간 곳

하얗게 핀 뒤꿈치만

보풀처럼 이누나

미장센

소산 전에 바람이 불어왔다.

휘파람 같았다. 그의 몸속 바람이 모두 빠져나가자 화
장을 하고 싶어졌다.

죄인은 씻지 말라고 했다. 원래 그랬다고 한다. 원래부
터라는 말은 너무 멀리서 오는 말 같았다. 사타구니에서
송장벌레가 슬었다. 며칠 동안 몸에 낸 물길에서 폐수가
넘쳤다. 원래라는 말을 쓰는 사람들에게서 송장 냄새가
났다.

그를 닮은 얼굴들이 다가와 흰 봉투들을 챙겨갔다. 봉
투에 담긴 마음들에 기대하는 표정들 충만한 기름이 돌
았다. 옆에서 이름과 숫자를 적도록 시켰다. 목소리에서
고저가 섞여 나왔다. 침을 묻힌 손가락 너머로 지폐의 얼
굴들이 넘어간다. 나도 침이 넘어갔다. 얼굴에 침을 뱉고

싶었다.

한참을 동생은 동생처럼 앉아 있었다. 입에 문 담배 끝에 구름이 걸려 있고 그늘에 그늘 같은 몸을 숨겼다. 동생은 동생이어야 하는 이유가 없다. 가루가 되기 전 그의 표정처럼 나를 올려다 보았다. 책임을 물어오는 표정은 늘 비겁하다. 나는 내가 형인 이유를 설명하고 싶지 않았다. 푹푹, 발이 빠지는 이상한 말을 했다. 빠지지 않기 위해 애를 쓰는 사람들이 있었다. 동생의 입꼬리가 잠시 씰룩거리다 말았다.

바람이 세차게 불자 그를 닮은 무리들이 몹시 흔들렸다. 뿌리도 없는 것들은 입에서 뿌리가 자란다. 그가 선산에 가지 못한 이유는 설명하지 않으면서 내가 묘를 쓰지 않은 것에 대한 도리를 내내 지적했다. 그가 내게 사준 적 없는 땅을 내가 살 의무는 없었다. 비슷한 얼굴들이라고 그와 비슷한 말을 할 자격은 없다. 손에 쥔 가루가 따뜻했다. 식지 못했다. 저승의 온도를 이승에서 수습 중이다.

멀리서 영구차가 뉘엿뉘엿 올라오고 있다. 웃는 얼굴의 인부들이 피다 만 담배를 땅에 심고 작업장으로 들어간다. 그래, 죽음도 작업의 일부였다. 죽음은 일상적이어서 반복은 흔하다. 영구차가 커브를 돈다. 불안한 죽음이 던진 공 같았다. 관성은 미련의 방향으로 작용한다.

다시 화장을 하고 싶어졌다. 화장은 조각난 표정을 깁는 일. 휘파람을 불었다. 그의 몸이 낮달처럼 하얘지자 아름다운 풍경은 완성되었다.

소산 후 화장을 고치고 말았다.

아프락사스

유화는 입이 길어지는 벌을 받았지요

그녀의 바다는 하늘을 용서하고 우리의 딸에게 벌을
주었어요 그녀는 알을 낳은 암컷입니다 죽고 싶었지만
아무렇지 않은 하늘을 보았죠 단단한 천장을 보며 자신
의 보지를 꿰매요 알은 나올 수 없었어요 그 단단한 알을
겨드랑이로 낳은 것은 최초의 저항이랍니다 안녕을 물어
온 이들은 몰라요 물음이 너무 많아

껍질은 더 막막해집니다 정말 궁금했나봐요 죽지 않고
숨 쉬는 유화가 세상에 너무 많아요 세상은 새의 둥지를
태웁니다 비가 와도 꺼지지 않는 불은 기적이 아니랍니
다 불을 먹은 자궁이 스스로를 태울 때 알의 세계는 금이
갑니다 마녀가 된 유화는 알에게 사랑한다 말해요 뜨거
워진 알이 부화합니다 부활합니다 아이는 신을 향해 날
아갔어요

아버지아버지아버지

해모수를 죽이러 갑니다

사루沙漏

죽고 싶다는 말을 혈압약처럼 매일 먹는다

숨을 멈추고 천장을 보면
거꾸로 고인 모래산

오전과 오후는 정말 반씩 나누어진 걸까
유리벽 속 미끄러지는 복선들
사망일은 보다 심드렁하게 웃도록

누군가의 시간은 빙글빙글 동그라미를 그리고 있고 누
군가의 시간은 깜박깜박 숫자를 바꾸는 것이고 누군가의
시간은 서쪽과 동쪽의 거리로 오며 가는 것일 테지

나의 시간은
고운 모랫가루가 한 톨 한 톨
몸 속에 쌓이며 주저앉는 것

손가락 사이로 빠져나가는

내 영혼의 모양을 이해하고 싶어

차라리 볼 수 없는 숨부터 먼저 버려야 하나

호흡이 다시 가빠지고

하얗게 주저앉은 나를 다시

퍼 먹도록

혈압이 오른다

시간을 뭉쳐서 눈물을 만든다

눈가에 모래가 흘렀다

내가 슬프다 말하면

다시 뒤집어주세요

호문쿨루스

신을 증명하기도 전에 나는 스스로 가장 낙후된 고유명사라고 생각했다. 목발이 필요한 나는 우는 사람을 잘 달래지 못한다. 나를 낳은 첫을 위로하기 위해 달력을 넘기는 나의 시력. 숫자의 효시를 고민하다가 달에서 내려와 죽은 새를 발견했다. 처음 다른 이의 섹스를 본 것처럼 누군가에겐 탄생이 아름답지 않다. 저 새의 첫 비행을 상상하며 슬픔의 근육을 키운다. 끝은 곡선으로 떨어졌다. 달의 뒷면은 인과가 없다. 윤회는 모서리들의 집합. 둥근 생각을 버리기로 한다. 내면을 키우기 위해 야외를 죽이러 나가는 밤. 우리의 첫을 낳은 신의 다정한 귀가 그립다. 귀족들의 귀가 뾰족해졌다. 나는 전생보다 아름다워지고 싶다. 귀족의 춤을 흉내내는 나의 부스러기들. 젖니를 잃은 동물은 축축하다. 나의 죽음을 뚫고 지나가는 신의 발걸음을 생각한다. 다음 생에는 동물을 먹고 사는 식물이 되고 싶다. 사제들의 축원은 죽음을 아름답게 한다. 자살해라. 명령은 감동적이고 청유는 비겁하다. 달

이 없는 밤은 반성의 부분이 된다. 원경을 배웅하는 법을
배우기로 했다.

연금술사

내 몸 어디쯤 물고기가 살고 있어요
그럼 난 흔한 어항이라고 해봅시다

으레 녹조는 변명처럼 쉬워서
오늘도 불투명하게 걸어다녔어요

방금 태어난 미생물이 손끝에 쌓이면
물고기의 오물거리는 촉감이 좋아요

가끔 발바닥이 가려운 것도
지느러미의 발상 같은 거라고

왼쪽 아가미를 열고 하품을 하는 것은
오른쪽 눈이 상투적이라는 뜻이죠

글쎄 사람들은 불투명을 죄라고 부른답니다

아무것도 키우지 않는 사람들이 주문을 걸어요

혓바닥 파란 이끼로 고기를 소화시키고
완벽한 고칼로리 고기가 될테죠

투신한 적 없는 자살바위처럼 흔들리다 보면
어느 날 탕진해버린 산소는 더욱 당혹스러워요

열병처럼 여기저기 끓다 보면
수온은 수시로 무너지는 소리

내 몸 어디쯤 불고기가 되고 있어요
그럼 난 고장난 정확*이라고 합시다

금이 가는 소리 들리죠?

* 정확(鼎鑊). 죄인을 삶아 죽이던 큰 솥.

크로키

우리는 꽤 오랜 시간 교대 없이 몸과 몸을 붙이고 있었다. 창틈으로 기어 들어온 흰 빛 벌레 하나 스미지 못하도록 그렇게 우리는 경이롭게 저주하고 있었다. 죽은 속옷들의 재활 앞에서 비로소 외롭다고 말한다. 결핍은 늘상 가벼운 입맞춤으로 세신했고 눈물은 숨길수록 목이 아팠다. 편도가 슬픈 거라고 이해했다. 몸의 갈증이 멈출 때까지 오랫동안 상대의 일부인 척 연기를 해야 했다. 이렇게 사람인 척해도 될까. 감정은 왜 자꾸 몸으로 전이되는 걸까. 찢어진 포장지를 보며 보호해야 할 것들이 많다는 생각을 한다. 사용하지도 않은 콘돔이 몸 밖에서 죽어가고 있었다. 내 몸의 끝에 감정이 모이면 얘기하라고 속삭이는 상대의 흰자위가 아름답고 난해하다. 우리는 한 줌의 감정을 소모하기 위해 서로의 몸에 은신처를 마련한다. 두 공간이 한 공간으로 전이된다. 상대의 가슴 위로 무심히 다녀간 발자국이 생겼다. 나는 진심으로 걷지 않았다고 어색하게 중얼거렸다.

한견

　모름지기 기다림은 생전 본 적도 없는 접경에 서 있는 기분이랄까. 애인은 낯선 냄새처럼 말했다. 잘 길들여진 구두를 신고 길들이지 않은 마음을 속아낸다. 또각또각 우열을 가리기 힘든 슬픔 같았다. 그래서 너는 눈부시구나. 성가신 모기처럼 화를 내도 떠나지 않는 것들이 있다. 걸레를 만지다가 걸레로 입을 닦던 어린 시절이 떠올랐다. 그 순간, 말해줄래. 황홀한지. 어떠한지. 왜 걸레는 평생 마르지 못했을까. 기묘한 냄새를 맡고 싶은 거야. 애인의 다리를 벌리고 숨겨둔 솜털을 만지고 놀아도 될까. 넌 죽은 지가 언젠데 아직도 부끄럼을 타니. 코 나간 스타킹을 주워 쓰레기통에 넣었다. 옆구리의 서랍이 자꾸 열렸다. 시건장치를 꿈 속에 두고 왔나 보다. 애인은 세상의 이름이 낯설다고 했다. 무릎이 입을 벌린 채 물을 흘리고 있었다. 영 다물어지지 않는다고 불평하다가 툭,

　속눈썹의 한철이었다.

부엔까미노*

두 개의 봄을 안고 뒹구는 이국의 여인을 생각했다. 내게도 당신의 봄을 나눠주세요. 여인의 몸에서 새어 나오는 새소리를 줍기 위해 무릎을 꿇고 바닥을 모셔야 했다. 날개가 있다면 둥지도 있을 거라고. 날 수 있다는 마음이 꽃을 피우고 뿌리도 내리게 한다고. 종일 맨몸으로 따뜻한 봄날이었다. 턱을 괴고 괴로운 생각을 만들기 좋은 자세로 나를 괴롭히다 보면 괜스레 부서지는 너의 웃음들. 눈부신 너를 완주하기 위해 봄이 될 만한 글들을 모아보았다. 시집을 읽다 잠든 날은 꼭 죽고 싶은 날들이었다. 이국의 가슴을 주무르다 잠든 날은 심장이 멈추지 않은 날들이었다. 너의 목소리를 따라가다 잠든 날은 늘 땅끝이었다. 불규칙하게 자란 솜털을 만지다가 잠든 날은 슬픔의 보풀이 전이되는 날씨였다.

자다가 허겁지겁 창문을 열었는데
이국의 발음이 이미 다음 계절을 만들고 있었다

58

아직 죽지도 못했는데 오늘은

이런 것들이

인사를 하곤 했다

*산티아고 순례길(Camino de Santiago)에서 순례자들 사이에서 주고받는 인사말
로 "좋은 순례길 되세요"라는 의미.

위작

내리는 비 반대편에 서서 비문을 쓰고 싶었다

먹구름은 먼저 비화된 버릇이라 속이 후련하지 않았고
예감은 시간의 편력을 따라 우산 없는 시를 노려보았다

모호한 행간은 벌써 도망쳤지

말들의 언약으로부터

가난한 작자의 소도시는 일상의 퇴적물을 모아 지루한
풍경이 된다 다만 칼의 날을 만지는 반짝임을 비 오는 날
의 희미한 창 테두리를 환생을 고민하는 무덤의 발자국
을 꽃무릇을 발견한

비스듬히 시인의 잘린 단면을 쓴다

소묘의 긴 어깨가 보일 때까지 세상은 거짓말 중이라고

좁은 이마에도 불구하고 불편한 규모의 주름들이 공중의 두상을 만지고 있다는 것을 알게 되었다

시를 걷는 자는 충분한 비밀을 가지고 있을까

비 맞고 선 자리는 그저 불운이라고

쓰러지는 속눈썹

문장에서 일어나면 구름부터 씻어야지 반대편 서 있던 시인은 날개가 젖은 걸까

머리를 묶지 않은 비 그리고 비

차가운 어깨를 버리고 무늬가 아름다운 바닥에 누워
긁적긁적 몸을 부비면 반대의 반대가 태어난다

문장들이 젖은 머리를 풀 때

포르노

저 바람은 어디서 날아온 과거일까.

두꺼운 옷으로도 좀처럼 가려지지 않았다. 조금은 위태로운 자세가 더 편할지도 모르지. 봄인데 화분에는 녹색의 맨살이 남아 있질 않아. 무성했던 귓속말을 더듬어보면 뭐라도 보일까. 혹은 만질 수 있을까. 소녀의 발목을 심어둘 예쁜 화분을 준비한다. 어린 손은 눈을 감아도 내 글자들을 눈치채고. 그래도 창을 열어둘 거야. 불우한 과거도 창밖에선 미래가 될지 모르잖아.

털쌘구름이 몰려오는 날
서로의 가슴을 잃어버린 건 비밀로 하자.

또 한 번의 밤이 지나고 나서야 서로의 속옷이 바뀐 걸 알았다지. 가릴 게 없는 것들은 최대한 멀리 던져버리고 나는 최소한의 몸이 될게. 네가 나를 삼키면 나는 따뜻한 성운이 될 거야. 내가 빛나도록 더 아파질 거야. 두 눈에서 흐르는 바다를 보자. 그렇게 야하게 웃지 마. 네가 낯설게 보여. 쇄골에 시를 적어둘게. 손가락 첫 마디가 촉촉하게 머물 때까지.

바람이 떠나고 헐거워진 미간을 만져보았다.

내 말들은 너무 완곡적이고
네 몸들은 너무 직설적이야

며칠 동안 페이지가 넘어가지 않았다

독해라는 체위는 중간중간 몇 번의 장례를 치렀지만
갈피는 끝내 잡지 못했다 손갓을 하고 바라본 먼 곳이 네
몸 근처였다 가끔씩 내 울음은 우화적이고 가끔씩 네 몸
짓은 우의적이었다 그리하여 웃음은 가볍게 전이되는 것
이다 그러므로 조소에 감염된 너는 야하고 은밀한 곳을
작동하는 방식을 배운

　정직한 몸들의 무리한 설정이라고

만져서 읽는 사람처럼 나의 촉각이 멈추지 않았다 사
랑한다는 말은 사랑을 입증하지 못하지 맨살을 견딘 **뼈**
들은 숨을 쉬지 않아도 사는 게 가능하잖아 네 몸이 몸으
로 표현될 때 비로소 빛나는 양각을 이해했다지 그리하
여 곡선의 값을 열 손가락으로 계산하면 너의 신음이 어

디서 터질지 몰라 무심한 관절의 단순함으로

누군가의 갈증과 누군가의 범람이 교차할 때

치수는 유효하겠지

독서의 끝에서 수문을 열고 나는 조금 더 서사적으로
기록되기로 했다 너는 그냥 몸으로 무심하게 콧노래를
부르며

잠덧처럼

로시난테*

올무 앞에서 물때를 기다려본다

첫 여자도 의심을 했다고 두 번째 여자도 의심을 했다고 결국 선의를 가진 내 손목이 나와 멀어졌어 안심하라고 달래면 저기 가까이 오지 못하는 손가락들이 있어 저마다의 꿈이 다른가 봐 손바닥과 손등은 함께 있다고 착각을 한다 우리 모두 멀어진다고 생각했지만 멀어져 봤자 지척일 뿐 나는 한참을 자는 척했다지 후두둑 떨어지는 살결을 내일처럼 내 일처럼 생각하지 않았다

응, 너의 풍차가 바람을 돌리고 있었어
두터운 혀로 나의 꿈을 핥고 있어

얼굴이 붉어지는 것도 보호색일 테지 피가 쏠리는 현상은 가을의 체위라서 쓸쓸한가 봐 하얀 머리카락이 후두둑, 머리를 자르는 꿈을 꾸는 중인가 봐

얼룩이 들 때까지

낙엽을 닦지 말아줘

나무를 붙들고 선 나뭇잎은 나답지 않아서 궁금하지
않아

시어 몇 개가

모래를 생각하고 있어

올무를 목에 건 늙은 기사의 꿈을 핥아주었어

* 소설 『Don Quixote』 속 돈키호테가 데리고 다니는 앙상한 말

둘시네아*

너의 달력은 항상 한 방향으로 없어지더라

며칠은 몹시 당황했지 한두 날은 사라진 것도 몰랐어
너랑 잔 게 지난주였는지 일 년 전이었는지 혹은 어제였
는지 나는 사라지고 너는 선명해지고 이건 도대체 얼마
나 아름다운 부피를 가진 거야 푹신한 너를 안고 흩어진
낱장을 밟고 싶어 그래서 휴일은 숙면이었어 네 입술은
내 꼬리뼈를 만지고 있잖아 탄성은 메아리처럼 우리를
돌고 도는 전염병 같네

가끔은 보이지 않는 것들을 믿고 싶을 때가 있잖아

달력 속 사라진 날들은 누가 찢어갔을까 한데 뭉쳐진
그리움을 저기 던져볼까 그럼 개처럼 달려가는 내 꼴은
확실히 네 개의 발목으로 보일 거야 우리가 겹치면 그림
자는 예쁘겠다

창을 들고 달려간 풍차 속

너는 없고 벽이 먼저 다가왔어 목소리가 아니라 메아
리였나 봐 그럼 너는 유령이니까 다정한 상상이니까 유
령은 유령을 볼까 그래서 내 수염을 만지지 못하니

응, 우린 기억으로 서로를 그려보자
뻔한 동작과 동작의 겹침으로 동침하면서

네 세계에 나는 소음만 내려놓고 메아리만큼 사정해
버리고

* 소설 『Don Quixote』 속 돈키호테가 사랑하는 여인

제2부 습관성 죽음에 대하여

무한의 꽃, 기도, 샤먼들

무덤이 먼저일까 노을이 먼저일까
질문 끝에 꽃이 피었다

꽃이 붉지 않아 외톨이라면 침엽 또한 활엽처럼 웃지
못한다 봉합하지 못한 저녁의 상처가 짐승의 언어를 구
사하는 자의 혈관을 뽑는다

피의 증거를 묻어둔 곳은 얼굴 없는 자들의 둔치
땅거미 도망간 서녘 끝에서 꼬리 꺾인 비명을 보았다

검정은 확대해도 검정이듯
일 초도 무한처럼 걷는 시간

저녁을 따라 누워본 곳은 식은 묘지였다 야트막한 문엄
위로 질문을 던지면 둥근 궤도가 각을 줄여나가고 입술이

차가워질수록 노래도 식었다

그레고리오 성가의 중세를 꿈꾼다면 입술엔 다시 피가
돌까 꽃이 필까 앙바틈한 글의 기울기 옆으로 시시한 서
정이 손짓했다 어쩌면 눈물만 맑을,

고딕을 해체할 한 톨의 씨앗 그리고
꺾인 기도들
샤먼과의 동거를 자백한다

젖지 않은 손수건은 얼마나 적막한가
젖지 못한 노래의 살을 발라야 한다

안부를 묻는 새벽이 와 닿으면 다시 피게 될

놋종의 초종

기차가 당신 등 뒤에서 멈췄다

팽팽한 기차가 느슨해졌으면 좋겠다

라는 생각을 당신의 이목과 구비가
하나둘 지워지고 나서야 하게 되었답니다

역이 떠난 후 남은
기차는 알몸처럼 반짝거리고
말라가는 침목 위엔
함부로 벗어 놓은 당신의 발목이,
일부러 그어 놓은 내 손목이 나란히
겨울 햇볕을 쬐고 있네요

철로와 철로가 서로의 목을 물어
한 병 가득 붉게 채워지고 나니
빈 잔과 마주한 와인의 떫은맛이
탈선의 흔적인 걸 이제 알게 되었습니다

고아처럼 헛돌고 있는

당신의 어깨에서 코르크 냄새가 나던 게

그날 우리들의 목을 끌어안고 있던 침목 때문일까요

빈틈없는 코르크가 내 들숨 없는 날숨만 누르고

부피가 죽은 빈 병만 내밀해진 밤

이제 당신과 내가 만든 불모지에서 다시

쓰러진 기차를 인양할 준비를 해요

저 기차를 끝도 없이 당기고 있던 게 나란 걸

당신의 등 뒤에서 멈추고 나서야 알게 되었지요

반작용이 커진 기차가 이제 나를 향해 돌진합니다

두근거리는 침목 위에 다시 손목이 누웠습니다

이제 역 없이 혼자 탄성이 시작되는 무렵

기차가 다시 팽팽해지는

모린 톨로가이홀*

당신 이번 계절엔 무슨 꽃으로 피었나요

구름은 무거워져 대답 대신 비가 올 것 같습니다 벗어
놓은 이름의 행방을 쫓아 달려간 곳은

바람의 키가 자라던 풀밭
내 걸음이 지나간 곳은 모두 묘지였지요

운구하던 얼굴들이 포개지던 날 나는 당신을 업고 흰
강을 건너고 있었어요 봄날 같던 꽃가루 신나게 재채기
하며 무지 신나던 날 신도 오는 날

어떤 말은 끝나기도 전에 눈물이 먼저 쓰러져요

꽃잎 내닫는 뒤
남빛, 비의 감정이 한 뼘 더 길어졌어요

계절은 늘 없는 사람을 연주하는 중입니다
팽팽해진 악기의 허리를 퉁기는 접동 그리고 접동

소리 없는 눈물은 뿌리가 깊어 쉬이 멈추지 않고 독이
오른 발밑에 그림자만 독하게 따라옵니다

잃어버린 발가락은 흰 강 속에 씻어뒀어요
인연이 마르면 그때 그대 찾아가기를

위로가 된다면 저 강녘에서 당신의 머리도 감겨 줄, 나
는 그렇게 꼭두처럼 당신을 기다리는 기울녘

아련도 하여 헛손짓,
꽃잎 떨군
바닥에 누운 나는

그래도 매일 봄이었습니다

흰 강이 젖살처럼 만져지는 날
당신을 연주한 나는
봉긋한 무덤에 누운 배냇말입니다

* 마두금, 낙타의 눈물로도 알려진 악기.

바가모요*

심장을 놓고 가는 사람의 장소에는 삽 한 자루의 높이
만 있다

노동의 뼈대로 세워 올린 당신의 계단 위에 흰 꽃을 놓
는다. 친애하는 건축물 앞에서 해명을 요구하는 사람들.
울음을 먹고 산 자들이 입주를 시작했다.

집으로 돌아오면 말랑말랑한 살들이 안긴다. 저녁의
위로는 짧다. 한 삽 한 삽 게워낸 당신의 연한 마음. 종일
모래에 섞고도 남았나요. 당신의 앉은 자리에 버무리다
만 선사의 가루가 떨어진다. 저 단단한 건축의 살에서도
당신 살 냄새가 날까. 어쩌면 처음부터 화석이었던 당신.
고단한 모래가 씹힌다. 근사한 노래 같다.

나는 당신의 언어를 상속받지 않을래

연단 위 확성기를 든 자의 목소리는 차라리 먼 나라의 아리랑. 옥상 위에 올라가 꽃비를 맞는다. 고복은 하늘이 내린 자의 관습이라는데 당신과 나는 족보가 없다. 울음이 반올림되면 고장 난 심장도 구호를 외칠,

　결국 팔이 올라가지 않았다
　손목 잃은 구호가 공중에서 사라진다

　당신의 장소에 꽂힌 삽 한 자루. 유실물은 노래다. 이마가 두 번, 놓아둔 심장에 닿는다. 술잔이 넘친다. 여전히

　나의 혁명은 어설프다

* 바가모요(Bagamoyo): 탄자니아의 프와니에 있는 도시. '심장을 두고 간다' 라는 뜻

탈의
의심하지 않고

이후 방음이라는 도착을 숭배하게 된 것 같아

맨몸에 다른 이의 기억이 절실하다고 말한 순간 너의 몸
은 메뉴를 정하지 못하는 애매한 경유지 같았다고

혼자 중얼거렸고 올겨울 눈이 한 번도 내리지 않은 이
유를 되묻는 것으로 퉁쳐 보았어

속출하는 솜털들을 하나씩 먹다 보면 이미 지나간 구
름 속에 어제의 창이 흐르고 있었지

너는 절실했니

내 가슴은 잉여라서 사랑하는 사람에게 울음통이라고
소개했어 그래서 넌 검정색으로 매일 울었구나 내 가슴
을 만져줄래 네 두 손이 까매질 때까지

흰 속옷이 순수를 키우나 봐

수줍게 떨어지는 커튼 하늘하늘 너의 옷을 잠그고 밖으로 나가는 입구를 보았어

잊히는 것들의 편년체

낭만이라는 밑천이 모두 소실되면 난간으로 유인하는 저녁과 그 겨드랑이에 숨은 바람들 계속 너의 뒷면과 마주치는 나

그리고 천진난만한 안녕

만날 때와 헤어질 때 우린 같은 말을 하고 닮은 손짓을 반복하지 그 사람이라는 인사는 참 이상했어

이후 혼자 달아난 바닥을 보았다지

저녁의 한쪽이 부끄러웠어

그날 단지 여름만 살았네

사라진 우리를 위해 여름을 접종합니다

땀이 멈추지 않는 건 여름만 충실하다는 증거입니다

나는 있어도 잊지 않아서 지겨운 말들뿐

내가 보낸 말들은 철새처럼 돌아보지 않았어요

더운 사람들이 태어나는 더운 지하철 입구에서

나는 다른 이들과 다른 방향으로 악수를 합니다

초벌로 데운 소매를 쉽게 버리지 못해요

외롭기 위해 악수하는 사람 같아요

매미들의 번식이 한창입니다

울음의 넓이를 키우고 있어요

아스팔트 위에 죽은 매미는 사람들이 꼭꼭 밟아줍니다

그동안 너무 많은 말들을 보내버린 까닭에

빈집처럼 죽음도 조용합니다

그해 매미와 나,

누가 더 긴 발음이었을까요

그날의 악수는 누가 봐도 너무 잔인한 번식이었습니다

누군가는 손을 먼저 놓아야 합니다

오직 여름만 충실하도록

대성당들의 시대

(Le temps des Cathedrales)

Il est foutu le temps des cathédrales

La foule des barbares

Est aux portes de la ville

Laissez entrer ces païens, ces vandales

La fin de ce monde

Est prévue pour l' an deux mille

— '노트르담 드 파리(Notre Dame de Paris) 중에서

햇을 잃은 당신을 읽다가

잠시 접어둡니다

나는 시체를 안은 콰지모도

저 거대한 신앙도 가루가 되는데

접힌 자국은 몰락도 모르는 마음입니다

비에 젖은 첨탑이 구원을 약속하나요

차라리 당신의 손우물에 갇히고 싶어요

당신은 당신의 몸에서 쫓겨나고

찬 몸으로 나눈 사랑은 우리를 눈감게 합니다

죽음의 위치를 더듬어 볼까요

비가 오면 세상은 비밀이 많아져요

첨탑 위에 꽂히는 십자가들

성당이 무너지고 일어나는 당신을 봅니다

당신은 재난을 사랑한 집시

몸만 남은 당신이 다음 행으로 쓰러집니다

일곱으로 가는 길

일곱의 목뼈로 운다는 건
기린의 목으로 노래한다는 것

노래가 빠져나간 곳 긴 후음만 살다 간 곳
난항 중인 검은 새들이 흰 건반 위를 떤다

일곱의 목젖을 떼어내어 어서 오세요,
늦은 풍속을 깨우는 인사말

시를 논다 그리고 운다는 것
슬픈 목의 능선이 무너지자 귀가 중인 사람들의 산란
을 읽었다

저 노을이 종점을 돕지 않기를
기린은 긴 목으로부터 태어나고 있다

나는 기린을 다녀옵니다
나만 부르는 목을 꺾을 수도 있겠지요

불편한 길이가 휘파람의 깊이를 정할 때
깊은 통로를 따라 집으로 가는 길
좁아졌다 무너진다고,

사력을 다해 도망치지 않는 사람이 되겠습니다
기린의 시야 때문에 길의 걸음이 느려진다

나는 기린입니까,
기린은 나를 모릅니다

차마 뜨지 못한 눈
그새 내 목이 한 뼘 길어졌다

야수가 깊다

1. 얼어붙은 석탄층

불이 식으면 짐승의 간섭이 시작된다

끓는 대기에 물감을 풀고 죽은 색채가 흰 배를 뒤집고

떠오를 때까지 계속 울기로 했다

맨몸의 입구에는 읽다 만 상형들이 쌓여가고 쉬운 꼬

리를 멈추기 위해

어금니 안쪽을 묻는다

작일이 목의 사슬보다 붓의 정형이 쉬웠다면 명일은

공손한 손을 버리고 불온한 발톱을 주워야겠다

같은 길에서 청록이 식는 날

오래된 수사가 뒤를 밟는다

야생의 서열은 놀리고 한 방향의 관절은

반대로 굽혀야 했다

죽은 심상을 묻은 응달의 며칠 뒤

쇠락한 화폭의 목소리
실패의 물음은 날 선 검이 된다

오늘은 다시 짐승의 시간
나는 외형률의 유산이었으나 난장을 입었다
불의 호흡을 따라 야수가 달려왔다

2. 변검(變瞼)

표정을 만들고 있어요

아침의 얼굴이 점심의 얼굴이 되고 저녁의 얼굴이 됩

니다. 머리의 얼굴이 가슴의 얼굴이 되고 배의 얼굴이 됩니다. 처음의 얼굴이 중간의 얼굴이 되고 끝의 얼굴이 됩니다. 서론의 얼굴이 본론의 얼굴이 되고 결론의 얼굴이 됩니다. 로고스의 얼굴이 파토스의 얼굴이 되고 에토스의 얼굴이 됩니다. 리듬의 얼굴이 선율의 얼굴이 되고 화성의 얼굴이 됩니다. 색상의 얼굴이 명도의 얼굴이 되고 채도의 얼굴이 됩니다. 점의 얼굴이 선의 얼굴이 되고 면의 얼굴이 됩니다. 하지만 우리의 가면은 오늘도 하나입니다

3. 안티테제

내 노래는 세상의 공식을 지우는 걸음으로 살아갑니다

안녕, 하지 못한 말은 뺨을 타고 또르르

성대가 더욱 간절해질 무렵

안녕하지 못한 몇 날과 며칠 사이에서 더 또박하게 발음을 합니다 방언의 뻔뻔함은 때론 박수보다 소중하답니다

노래가 노래를 밀어내면 오래된 별들과 대면하게 돼요

무수히 쏟아지는 별빛 속에 갇힌 빛
손바닥에 가두기 위해 한 움큼 묵을 쥐어보면 손금을 빗겨가는 운석이 서글프게 또르르,
또 뺨을 타고 흐르는 혈액은 외롭기보다 거룩하답니다

오늘은 안녕, 한 번은 두 번보다 힘들어요
가난이 가난을 밀어내더라도 나는 나를 밀어내면 됩니다

나보다 먼저 죽음과 거래한 것들은 충분히 기다려 줄
겁니다
이미 계절은 모르는 곳으로 녹고 있지요

노래가 아무도 모르게 녹아 수많은 방언들이 익사하
는 밤

나처럼 무수히 쏟아지는 안녕들,

슬프게 들려도 괜찮아요

그게 내가 부르는 노래니까요

핼러윈

그럼에도 불구하고 노를 저어야 했다 배는 녹슬어도 바다는 녹슬지 않는다 도시에 정박한 녹슨 기분은 아스 팔트 위에서 허우적거렸고 노을은 유기된 고양이처럼 너 울거렸다 귀신을 본다는 영물이 계속 날 쫓아왔다 모래 를 먹고 사는 길고양이와 마주치면 몰래 사라질 것 같았 다 도시의 길들이 차단되자 세상의 귀신들이 모여들었다 사람처럼 분장한 귀신들은 슬퍼할 권리를 주장했다 귀신 처럼 분장한 나만 도망치는 중이다 초코파이 속 비좁은 마시멜로처럼 달콤한 꿈을 뒤집어쓴 채 귀신 노릇을 했 다 살아 있다는 것은 큰 권리가 못 된다 귀신이 되고 싶 어 안달난 사람처럼 귀신처럼 웃고 귀신처럼 울어야 했 다 도시는 술이 없어도 충분히 취해 있었다 구멍 난 호박 사이로 달콤한 냄새가 진동을 했다 십자가를 쥔 손바닥 이 첨탑의 십자가보다 붉어졌다 구원은 산사람에게 적용 되지 않는 법 같았다 나는 귀신이 되기 위해 사는 사람처 럼 계속 도망쳐야 했다 멀리서 못된 아기를 잡아먹은 고

양이가 아기 목소리를 훔치고 있었다 도시의 밤은 멈추지 않았다 나는 계속 귀신 흉내를 내야만 했다

위리안치

살이 가시의 전개를 해칠까 두려워요

손톱 밑을 파고드는 집요한 속도를 이기지 못해 결국 꽃이 핍니다. 꽃밭은 꽃의 이유를 숨기기 위해 독한 향기를 가졌어요. 내가 나를 가두면 독이 오르나 봅니다.

들뜬 표정의 보라 죄를 증명한 보라
속내를 밝히면 내 몸에도 가시가 자랄까요
유배된 사람은 밤새 돋힌 흰머리를 봅니다
폐기된 사람은 뒷모습이 없어요

불면이 계속될 때

가시의 질문에 온몸으로 대답해야 합니다. 꽃을 수놓은 이불을 덮고, 덮은 이불의 꽃을 꺾습니다. 이불 밑으로 빠져나간 발목은 몸에서 출발한 것 중 가장 멀리 도망

간 흔적입니다. 걷지 않아도 발목은 자유인가요,

그믐 같은 이불 속으로 숨어든
몸 안의 단단함이 무서워요
가시의 뿌리는 바깥에 두지 않습니다

질문은 슬프고 표정은 증발합니다

오늘도 나를 던지는 그믐을 봅니다
가시는 이미 달아난 보라

손톱 밑이 예쁜 사람입니다

피랑

저마다의 바다

너무 많은 집들이 바다를 향해 걷고 있었다

툴툴 내리막을,

굴러떨어지는 말들을 그냥 내버려 둔다. 크게 숨을 참고 한숨을 만드는 시간이었다. 살다 보면 숨쉴 수 없는 곳에서도 숨쉴 수 있게 된 말들이 있다. 수몰된 자리에서 이토록 따뜻한 지붕들을 이해하기 위해 쉬운 감탄사보다 욱신거리는 종아리가 좋았다.

타지인을 안내하는
저마다의 골목이 생기고,

얼룩진 물안경도 없이 그저 물길따라 걸으면 저 바다

도 늦잠을 잔다. 아이들이 뛰는 소리가 벽에 부딪쳤다. 여기저기 두리번거리면 모두들 벽 속에 숨는다. 푸드득,

계절이 바뀌면 나무도 새도 꽃도
홑겹의 붓질로 새로 피겠지

천사가 버리고 간 젖은 날개를 입기 위해 줄 선 사람들

벽에 갇힌 날개는 어디로 날아가고 싶은 걸까. 두 손 가득 시를 쥐고 웃어보면 날개가 자랄지도 모르지. 사람들은 알아도 모르는 것처럼 헤엄을 쳤다. 저마다의 이야기를 태우고 물질을 한다.

그럼에도 불구하고 난파된 사람들

달려오는 파도를 보면

모래사장에 그립다라는 말을 써 볼
조그만 담력도 사라지게 된다

아이들의 웃음소리가 골목을 돌아 자꾸 벽에 부딪친다

수몰이 끝나면
수많은 골목도 유적이 될 거야
그저 섬이 된 지붕뿐의 연속이었다고,

저마다의 그리움을 지우기 위해 다시 밀물이다. 하나
의 표정만 허락된 석상처럼 우두커니,

골목의 연대를 선사했다

저 바다가 멈추지 않았다
저마다의 피랑을 안고 돌아가는 붉은 공중이 있었다

있었습니다

1

나무가 새의 발목을 쥐면

활엽이 불어난다

물관은 나무를 키우지 않았다

새의 이름이 반짝, 공중에 살다 간다

잠시, 라는 수식어가 즈믄, 처럼 부러졌다

서성거리다 부러진 나무를 나무가 주워갔다

2

건조한 입술 대신 부리가 길어졌다

새가 나무의 언어를 쥐고 날아간다

부리는 새의 풍경 중 가장 외로운 발음이다

오래된 사람은 왜 단단해집니까

부리 또한 입술의 단단한 변주일 뿐

3

새는
좌우가 다른 날개를 나누고
하늘은 어제와 오늘로 나뉘고
붉은 발목이
오늘과 내일의 경계를 낳고
단단한 부리로 알을 낳고

4

당신의 당신이 구전되는 날
그런 날도

악보의 입장

당신의 산책은 아직 소음입니다

나는 쉽게 소리를 허락하지 않아요
국경을 넘는 사람은 노래하지 않습니다
당신의 걸음이 시작된 곳에 흰 돌을 놓아주세요
나는 내 몸의 폐허를 탐구하겠습니다

단조는 부재를 고백한 목소리입니다
미간에 잡힌 주름들은 무엇을 증명하는 걸까요
명찰 없는 이름들이 마디를 나눕니다
문신은 몸으로 부는 휘파람
내 노래는 국경의 검은 개들처럼 변방을 떠돕니다

검은 돌을 놓은 자리에 꽃이 피었어요
개들을 따라 걷는다고 아름다운 보행을 보장할 수 없
습니다

꽃을 좋아한다고 꽃의 감정을 베낄 수 없듯

나는 함부로 음표의 감정을 다치게 하지 않습니다

희박한 상상력으로 유기된 개들의 울음을 달래는 건

무리인가 봅니다

여기 뾰족한 새들이 노을을 횡단하는 시간

고운 뺨이 후렴을 중얼거립니다

후렴은 내가 할 수 있는 유일한 배려입니다

저녁이 끝나면 저 개들은 어둠으로 돌아갈까요

낯선 걸음을 경계하며 쉼표를 줍고 있어요

여음이 슬퍼 좋았던 날

나만 듣는 뜨거운 너울이 있습니다

여전히 당신의 아름다운 산책은 허용되지 않습니다

도돌이표를 따라 개들을 몰고 있어요

개들의 콧방울에 물기가 맺힙니다

개들의 검은 혀가 당신의 손을 핥아줍니다

맴돌다 곡조마저 잃은 레치타티보

아직 당신의 대사는 도착하지 않았습니다

손가락이 길어지면

달의 뒷면을 탐색하다가
매일 눈알이 자라는 병을 앓게 되었답니다

—당신의 숨은 성기를 보여주세요

차라리 늙은 개의 혀로 핥으면
당신의 규칙적인 자전을 흔들 수 있을까요

달의 어깨만큼 자란 눈알을 굴리다 보면
뱉지 못한 단어들의 지름도 알 수 있겠지요

—당신의 성기를 위해 밥을 지어요
　물금이 출렁이는 걸 보니
　당신은 오늘도 침묵과 동침을 하는군요

달을 향한 오래된 소실점이 흐릿해질 무렵

당신만큼 둥근 식탁에 홀로 애쓰는 수저가 닳아갑니다

허기를 채우지 못한 수저는
차라리 압정처럼 당신의 신경을 공격하고 싶어요

혹시 아나요?
저 궤도를 벗어난 위성이 월면에 불시착하게 될지

당신의 등을 걸었던 사람은 누구인가요
쏟아진 압정 위를 걸었던 사람은 눈알이 없었나요

차라리 그믐이라면 좋겠어요
피로한 진화도 그만하고 싶어요

매일 손톱을 깎듯
허공을 향하는 손가락을 깎아야 합니다

손가락이 자꾸만 길어지면

닿지 않는 거리가 민망하니까요

발단

창은 있으나 아침이 쏟아진 적은 없다
커튼은 아름다운 자전을 입증하지 못한다

적당한 이유와 적당한 잠덧이라고

이유의 몸통이 잘린 꼬리의 단면을 바라본다
아침은 말이야 재생의 어디쯤
서성이는 기분이랄까

차라리 신앙이라면 좋겠다
신은 몸통의 가장 편한 구석 어디쯤
졸고 있는 게 분명하다

창의 넓이와 아침의 넓이를 이해해보려는 것
새똥이 내 창에만 떨어지는 기막힌 우연
나와 새는 언제부터 서로를 닦아주는 사이가 된 걸까

새가 아침의 꼬리를 물고
내게 자전의 원리를 설명한다

이제 창을 열어도 될까요
아침의 정서를 시작해도 될까요

커피를 타고
그릇에는 간단한 모이를 담고
정말 우리의 입맛이 닮았다
새의 날개를 읽으면
나도 하늘을 나는 착각

돌멩이를 쥐고 창을 의심한다

햇살의 각도가 무섭다

자전은 없어도 신을 데려오면 될 일

묵은 커튼을 벗기고

손 안의 돌멩이를 본다

자신 있니

새의 방언이 들렸다

아침의 넓이를 덮으면 숙면이 올 것 같았다

서쪽으로 부르는 노래

서쪽은 사라지는 것들의 반쪽

나머지는 내가 안고 있을게

당신은 해가 지는 바다를 닮았어

파도의 종을 쥐고 쓸모없는 말들을 밀어내면

검은 물보라도 변주가 쉬웠지

너의 흔적을 접고 또 접으면 종이학이 될 것 같았어

동행을 거부한 이름들과 함께 떠나고 싶은 날

네가 별자리가 될 무렵 나는 새벽을 물었지

당신의 별을 지운 건 나의 빛

당신의 바다를 멈춘 건 나의 어둠

알지 못하는 내일이 우리를 가로지르던 순간

서쪽 바다로 떠나는 타종 소리가 사소해질 때까지

해 뜨기 전 바다를 닮은 나

두고 온 것을 무심히 바라보았어

그렇게 사소해지기로 했어

야간비행

활주로는 밤에 일어선다

날개 접은 자리,

다시 서 보면 낮의 수평 너머에 네가 혼자 우는 이유를
찾을 수 있을 것 같았다

낮의 걸음으로 밤의 넓이를 계산하지 못하듯이 나의
비행은 눈물 끝난 곳에서부터 비밀이 된다

너의 밤으로 날아가고 싶어
낮의 여운은 뜨거운 숨만 남았잖아

힘겹게 넘긴 한숨, 한 숨의 깊이를 알게 된 날이었다
우리는 왜 날개 펴는 일이 이토록 아플까

사는 일이 모두 비슷해서 위로도 없겠지만 그냥,

흰 밤 위로 날아갈게

높이 날지 못한 것은 활주로 탓이 아닐 거야
우리 몇 번째 밤인지 묻지 말도록

그냥 맞잡은 두 손만으로 완성되는 날개를 보았다
오랫동안 수놓은 활공

우리
그 밤빛에 눈이 멀도록

구우

날숨조차 비명이었어

더 이상 숨은 해를 잡으려
목을 공중에 매달거나
범람하는 기분을 손목에 모으는 꿈도
빗속을 달리는 기억을 쫓아 첨벙거리거나

맨살이 갈라지는 마른 날 위해
우산의 살을 모두 발라버린 날

나는 매일 훌륭하게
무럭무럭 죽어가고 있었어

폭우 속을 달리는 사람처럼
헝클어진 생각을 동여매지도
흔들리는 신발들 모두 완성하지 말아야 했어

나비매듭을 풀고 날아가는 사람처럼

가끔 구름 사이 반짝,
내 옆면을 자르는 눈부심을 기억해

다만, 생리도 해본 적 없는 네가
내 피를 가지고 뭘 할 수 있을까
혼자 놀다 지치면 나눠줄게

흐르는 것들은 어디서 끝나는 걸까
그 많던 비의 줄기들
모두 어디에 모여 웅크리고 있을까

썩지 않는 마음 같아서
저기 도망치는 관객들과
비를 연기하는 사람이라서

젖지 않는 마음들과

점의 은유

시든 꽃도 퇴고하면 나비가 찾아올까

꽃처럼 잎술을 떨어뜨리면
결정적인 문장도 걱정을 멈출 것 같아

정지를 예감한 사이는 오히려 편안했다

탄로 난 점의 위치,
그 안에 핀
하얀 침대 속 가득한 질문들

애인은 떨어진 꽃을 말아 피우고
그녀의 구석에서 조화처럼 울고 있는 나

내내 걸어온 길이 점의 반지름뿐이라면
우리의 둘레는 몇 개의 밤을 건너 왔나

반점이 나비처럼 물들고
남은 반지름을 지우는 지문들

대답의 근처에서 그만
날개를 접었다

나비는 무덤을 가져본 적도 없이 무덤을 읽고
우린 하얀 침대 위에서 선량했다

나비를 끌어당겨 부끄러운 애인의 가슴을 덮어준다
그것은 나의 마지막 환한 영역

짧은 문장을 증명하는 몸짓이 밤이었다가
어느새 검은 보름이 되었다

깊이만 남은 점

하나

연오랑 유문

뭍섬의 경계가 느슨해지면
유독 노을만 당신의 안부를 묻는다
손잡은 사람이 손을 맡긴 이유를 물으면
무거운 저녁 하늘만 대답할 것 같다
도착하지 않은 파도가 미리 당신을 지우는 사이
내 발목은 나와 모르는 사이가 된다

당신이 섬월처럼 잠든 사이 내 몸 어딘가 곡선이 자란
다 물새는 희박하고 종일 노을이 부서지고 있었다 바위
는 왜 당신을 모시고 갔나요 나는 하강하는 것들의 마음
을 이해하지 못한다 멀리 떠나온 것들의 대답이 쌓이면
섬이 된다 동해는 여전히 해가 뜨지 못했고 섬은 다시 유
쾌해지기 위해 수척해진 이유를 묻지만 잠든 당신은 내
게 아픈 발자국일 뿐 바다를 모르는 사람은 행간도 사막
이겠다 모래섬을 배운 이후 익사를 위해 조용해지는 법
을 배운다 동쪽보다 내가 먼저 해 뜨는 풍경이 되고 싶었

다 그것은 낮을 숨기는 방식이라고 말했고 모래와 모래의 오차가 커질수록 망부의 노래가 쌓여갔다 섬의 후렴을 따라 부르다 내 안에 숨은 당신의 둘레를 꺼내 먹는다

　　돌처럼 무른 마음
　　틈새로 저 멀리 흰 돛이라도 보일까
　　섬 안에 몸을 눕힌다
　　노을이 끝난 사람처럼 고백하다가
　　무섭게 나를 파먹는 섬을 본다
　　까만 내 안에 살던 등대섬
　　불이 꺼질 것 같았다

슈루비 듯디 아니ᄒ여

비를 이해하는 사람은 우산을 쉽게 펴지 않는다

부서지는 밤을 데려온 사람
몸 안에서 바깥으로 밀어내는 것들
어깨에 닿으며 쏟아지는 물의 뭉치

고장 난 우산처럼 나는 쉽게 접히지 않았다

머리에 물곬이 돋을 때까지 고백하고 싶은 것이다

우산 위를 걷는 비의 걸음
당신의 발자국을 흉내 낸 발음들

후. 두. 둑. 후. 두. 둑

가끔은 술에 취한 듯 당신의 휘파람이 온다

입술을 버리고 먼저 도망친 것들

대기가 쏜 화살

누구의 폐부를 관통하나

내 몸을 한 방향으로 흔드는 바람

당신의 방향으로 몸을 흔드는 나무가 되었다

자다가 깨다가 어느 날 눈썹을 두고 온 사람처럼

반만 젖은 어깨들을 찾고 있겠지

물기 없는 글자들은 오지 않는다고

당신의 예언은 아직도 유효하다

따뜻한 손이 우산을 들면 비도 따뜻하다던

당신의 날씨에게

후. 두. 둑. 후. 두. 둑.

지전을 태우기 위해 빗물을 모은다
곡선은 죽은 이의 미련을 닮았다

언제나 풍향은 알 수 없다

심장 밖에서 놋종이 울렸다

깃의 원정

잠시 다녀오고 싶다

마음이 멈춰본 적은 없었어 그곳은 비가 많이 오는 여름날이었으면 좋겠어 겨울을 모두 가져가기엔 넌 너무 여린 사람이니까 넌 이미 날개를 달았겠지 우산의 생각을 접은 채 비의 맨몸을 견디던 네 뒷모습 어쩌면 날기 위한 마지막 추모였는지도 몰라 그날 잡지 못한 네 옷깃이 자꾸 손에 만져 저 지금은 시들지 않는 깃으로 치장한 네 공중들이 나의 안부를 물어 와

흰 몸의 자모가 궁금해
너의 등 뒤에 쓰인 문장을 다 읽지 못했기 때문에

왜 나는 맨몸으로 살 수 없을까

수많은 빈틈이 생산되는 몸은 조금도 아물지 않았어

내가 쓴 문장들이 결국 빈틈이 되는 것 같아 내가 그곳에
가면 틈마다 시들지 않는 꽃이 피겠지 도망간 제목 대신
에 깃을 달고 하늘을 마시면 너의 필체를 만날 것 같아

그때 익숙한 몸짓으로 보낼게

세상 모든 한계선에서

답장을

예후

　단추를 풀었어 가슴은 두 갠데 심장은 왜 하나일까 가슴이 더 헤픈 것 같잖아 가슴에서 가슴으로 전하는 말씀을 들어봐 귀를 자르면 심장의 서사가 더 잘 들릴지도 몰라 사랑해라고 말하면 사랑하지 않는 것들이 태어나 나는 잠시 심장이 멎는 듯했으나 거짓말이야 심장은 두 개처럼 쉽게 더러워졌어 애무의 방향을 번역하다가 내 손을 네 몸에서 잃어버렸어 안이 없는 창문이 반짝 지금까지 촉각적으로 말해서 미안해 이제 창을 열어봐 서쪽이 동쪽을 극복하고 있어 시각은 늘 신비롭지 나는 조금 더 큰 가슴으로 기울어지는 달이야 시간이 바뀌는 순간 얼굴은 거짓말들이 모이는 밀실 같았어 가슴은 녹아도 새하얀 눈이 될 것 같아 그래서 그리움은 천천히 녹는 거야 달콤한 말들로 녹여 먹어 볼까 바꿀 수 없는 시제들이 입 안에 고였어 포만감은 전염병처럼 어제오늘 내일 계속 수소문 중이야 창을 열고 빈 젖을 빨고 싶어 심장이 하나 죽어버렸네 바닥에 흩어진 단추가 너무 예쁘잖아 난해하다고 말해야 하나

직업

선교사가 되고 싶었다
저 노인들을 천국으로 인도하고 싶었다
그들을 동그랗게 모아놓고 무덤이 되는 연습을 했다

노인들은 서로의 비석이 되어 등을 쓸어준다. 마주 보고 웃고 등을 대고 웃고 굽은 등을 만지고 손바닥이 볼록해지면 햇빛이 부드럽게 모일 것 같았다. 손을 뒤집으면 눈물도 받아줄 작은 종지가 될 것 같았다. 서로에게 무엇이든 될 것 같았다 남의 이로 섭식을 하고 남의 이로 발음을 만든다. 이 골목에 모여 남은 입술로 휘파람을 분다. 기록되지 않을 말들을 주워 담아 돌 위에 새겨주고 싶었다.

결국
나는 묘지기가 되기로 했다

천국으로 가야 하는 이유를 묻는다. 주변을 돌던 까마귀가 고개를 갸웃거린다. 나는 정확히 표현할 수 없는 말들이 좋았다. 아직 말랑한 비석들을 끌어안고 이 세계에 도착하지 않은 말만 반복했다. 눈을 잠시 감으면 이세계(異世界)가 옆이었다. 나는 잠시 점멸되었다.

답시

태어난 적 없는 동생을 생각한다

그래도 생일을 만들어 줄게

어차피 가족은 태어난 날보다

죽은 날을 더 오래 기억해

넌 죽지 못해서 슬프구나

엄마가 사다 준 옷은 항상 작아졌어

처음부터 내 옷이 아니었는지도 몰라

옷 속에서 팔이 빠져나오면 내 손을 잡아줄래

단추가 잠기지 않는 것은 너를 부정하는 게 아냐

옷이 내 몸에 도착할 때까지 나의 해석을 강요했다

엄마가 준 가난을 가장 빛낸 건 너였을지도 몰라

너의 불행은 얼마나 아름다웠을까

듣도 보지도 못한 유서를 읽어야 했다

과거에 놓인 너의 요람에

편지처럼 놓고 올게

답장은

제3부 타의적 발견

독경

도토리를 읽다가 숲을 만났다

단단한 세계는 나의 언어를 막고 있었다 굴참나무 한 그루 뒤에 굴참나무 두 그루가 섰다 두 그루 뒤에 세 그루가 섰다 그렇게 도토리는 숲을 키운다 관조는 비겁한 말들의 집합이라서 고민하다 숲 사이 손끝을 심어본다 나에게서 옮겨간 말이 자란다 한 그루의 단어 뒤에 두 그루의 단어가 자라고 두 그루의 단어 뒤에 세 그루의 단어가 자란다 나는 도토리 속에 나를 키운다 나의 바깥이 단단해지면 도토리가 침범을 시작한다 수천 개의 도토리가 부딪히면 불씨가 된다 숲이 끓고 있었다 숲속의 나는 숯이 될 때까지 나를 태운다

나의 언어가 까매졌다

투신

카페 큰 창 앞에 서면 알 수 있다. 무수한 엽록소가 유리를 키운다는 것을. 채광이 잘될수록 투명의 세계가 사람들을 몹시 껴안았다. 창은 넓은 투명으로 햇빛을 통과하고 그림자는 사람들 주변으로 흩어졌다. 행복한 사람들은 다시 도란도란 앉아 행복하지 않은 것들을 서로 나누고 있었다.

몸을 던지기로 했다. 돌멩이처럼 움츠리지 않고 종말처럼 온몸으로 기도하기로 했다. 사랑하지 않아도 괜찮아. 한밤중처럼 움직이지 않아도 괜찮아. 투명을 부수는 투명처럼. 조각난 투명을 온몸에.

의문형으로 때론 명령형으로 조용히 말하다가
조용한 채광이 된다.

햇살은 도무지 날 키우지 못하고

큰 창은 없는 것처럼 거짓말을 했고

불행한 이야기에 사람들은 몹시 행복하고 그날의 나는

아직 카페 앞에 서 있는

지나가는 검은 개가 짖고

목줄이 너무나

반짝, 거렸고

떨켜

    나의 반려는 수거하지 못한 말. 무인보다 무채색이며 늘 햇빛의 반대편에서 서성인다. 반려는 내 발끝이든 발목이든 지시어가 닿을 수 없는 곳에 묶여 있고, 때론 두 발로 때론 네 발로 나를 산책시킨다. 개처럼 나무의 둘레를 적시고 나는 나무를 점령한 착각에 빠진다. 경직된 나무들이 경직되는 사이 제 꼬리를 물고 도는 반려를 안아준다. 날씨를 예언하는 반려의 징후. 잠시 움직이지 않기로 했다. 배경은 사람이 없는 해안처럼 무표정이어야 한다. 배려라는 말은 나를 거닐게 하고 개처럼 꼬리를 흔들게 한다. 도시에 어울리는 몸으로 사랑해야 했다. 나는 연출된 동작으로 반려의 목을 핥았고 달팽이처럼 녹아 버렸다. 도시는 해의 양식을 포기했다. 시간은 시계 속에서만 정확하다. 반려가 목줄을 놓는다. 활시위처럼 팽팽해지는 전립선. 뜨거운 소변이 콘크리트를 녹인다. 콘크리트는 겨울이다. 구멍 속 반려를 묻고 무서운 언어가 날 찾기 전에 혼자 달아나자. 남몰래 손이 축축해졌다. 낙엽들이 유예된 시간을 모아 몸을 데우고 있었다.

낱개

혼자가 혼자를 여미기 위해 붙인 이름입니다

여럿은 여럿의 입맛대로 묶음을 짓습니다

낱은 흔하게 뱉은 밤의 끝인사 같기도 할 때

몇 개는 누구의 거처에 두고 온

타다 만 담배였습니다

아직 침대를 벗지 못한 몸 하나가 죽어 있습니다

지난밤엔 훌륭한 개수였습니다

상냥한 호명이 밤과 밤을 깁고 있을 때

무수히 태어나는 갈래들을 봅니다

아침에 나는 몇 개의 모습으로 바닥에 흩어져 있었습
니다

난 너무 쉽게 셀 수 있는 사람인가 봅니다

그래서 그믐은 속옷처럼 깜깜했습니다

제 몸보다 더 큰 몸을 삼키다 죽은 그믐의 맛

유목의 무대는 싸구려 침대보다 먼저 퇴장하고

들다 만 햇빛이 비몽을 흔들어 깨울 때

엎질러진 낱개의 날개가 부러집니다

그 몸 죽은 그믐보다

낮게

반대차선을지나가는엠뷸런스를본순간 나는

밤이 되기 전에 검은 새가 먼저 찾아왔거나

작은 불씨가 되기 전에 바람이 나를 안아주거나

물어보기 전에 먼저 휘어지는 물음표라든가

눈물이 흘러내리기 전에 태어난 밀폐 용기라든가

우산을 접고 걸을 때 한두 방울의 긴장감 같은

읽을 책을 고르기 전 이미 매진된 기분이라든지

목줄 풀린 개의 이빨을 보며 내 살점의 맛이 궁금해진 순간

호흡기를 놓친 채 끝나지 않는 사이렌 속

와장창 산산조각 나는

나는

Say Yes

거기, 한 사람의 품만큼 쉬고 있었다

언제부터 텅 빈 사람이었는지는 모른다
폭로된 표정은 해석하기가 힘들다

우리는 예쁜 파동 같아서,
두 몸을 모사하듯,
서로의 동공이 닿았,

… 다 … 이것은 비슷한 표정이 겹치는 악몽
끓는점도 무릎을 꿇는다

(다시, 향유고래라는 경유지를 돌아보며)

곧 긴 이름의 기차가 도착할지도 모른다 기차보다 먼
저 도착하는 돌풍을 안고 있다 더듬어도 등은 없었다 그래서 추방할 수도 없었다 기차를 멈추려는 건 아니지만 나는 고래의 등을 만지고 싶다 기차가 나의 등을 지나가고 기차가 기차를 펄럭인다 고래가 텅 빈 사람을 흉내낸다 모든 수분을 뿜어낸다

내 입술 가장 근사한 곳이 있다면

(네 이름이 간이역처럼 쉬고 있을 것)

가장자리가 찢어질 만큼 독한 이름을 물고 쉬지 않는 호흡을 다스려 본다

싱거운 발음으로 거꾸로 된 문장을 적다 보면 저절로 부풀어지는 가슴들, 가슴은 가슴 너머에 적어두고 포슬한 밑가슴만 정차한 곳, 늙은이처럼 훈계할까 봐, 늙은 철로에 늙은 표정으로 누워버렸다

종착역에서 향유고래가 죽었다는 소문이 들린다

(내겐 도착의 너비가 없겠지)

포옹을 나누면 다시 번지는 늑골

혀끝에 매단 거짓말과 침의 농도

극단적인 유령의 습관처럼

목을 가누기 전에 이미 예언이 된 사람

그래

말해줘,

우리의 결행

저 꽃은 무얼 만지다 왔는지

종일 나를 소모하고도
여전히 내가 많이 남았다

거실의 등 복사열을 온전히 등으로만 버티다가
잠시 기도의 자세로 나를 아파한다

김 서린 안경 뒤에 숨은 사람이 있었고

며칠 문을 열어둔 채 내버려둔 채
어느 시인의 집에서 어린(魚鱗)이 자라기도 했다

그 집 읽지 않은 꽃들이
그새 자라 입술이 생겼다

가장 흰 부분은 뿌리라서
누구의 눈썹을 만지다 왔나

거울 속 잠시 밟힌 꼬리

발이 공중에 뜬 사람이
제 목을 쥐고 떠다니고 있었다

놀라 얼른 발목을 본다
몹시 흰 새벽 같았다

앨리스 프로젝트 1
—붉게 달궈진 주전자를 상상하세요

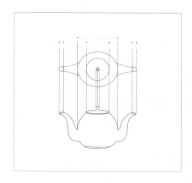

뜨거운 비명을 위해 나의 구역을 양보합니다

입술의 끓는점,

몹시 주물적인 문장이 필요합니다

맨손의 간청으로 손잡이를 버리면

해갈이 될까요

해결이 될까요

저는 아무도 갖지 못하는 거리를 만들겠습니다

한 입의 안개를 다른 입이 엿듣도록

서로의 갈채를 잡고 흔드는 소리라고
상처가 상처를 허무는 소리라고

저는 치졸함을 위해
뿌연 허공을 두드립니다

무서운 담금질이 시작될 때
단련된 수증기만 실체입니다

o   o o

다니갑러나만 를스리앨 는저

앨리스 프로젝트 2
—냉장고 뒷문을 찾으시오

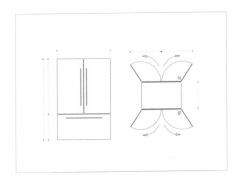

그야말로 식은 죽 먹기지

냉장고는 최초의 꿈을 꾸는 중이야

신체가 전기적이라서 다행이네

몸을 이리저리 예쁘게 접어서

웅얼웅얼 낮잠을 녹여 먹어 볼까

따듯하게 속삭이는 고드름을 생각해

나는 싱싱해지는 법을 배우는 거야

다행인 순간들이 집요하게

예언의 뒷문을 두드리고

찬란한 손잡이를 찾아야 할 때

벽은 괜찮아 숨은 후렴을 타일러 봐

문은 열리기 전이 가장 유행한다지

감당하기 힘든 역사가 되고 싶었어

°　°　°

다니갑러나만 를스리앨 는저

앨리스 프로젝트 3
―시간의 부피를 증명하시오

시간을 채운 손목은 내일 어
디쯤 두고 온 거야

째깍째깍
두 바늘도 없는 소리가
귓바퀴를 굴린다

어제의 하구 (허구는 없으니까)
모두 강물을 누비고 산다
한 땀씩 줄지은 물고기처럼

내일의 냄새 (아가미를 상상해)
한 바가지 퍼 올리면 촘촘한

비늘들
  길 잃은 길처럼

나의 현재는 쉽게 부서지지 않았다

(재난은 미래의 고백이라고)

배고픈 물고기가 너무 많았다

뱃속에 시계가 산다고 말한 사람이 있었다

먹고사는 게 참 별일 같았다

고여 있는 문장을 본다

상속받은 물고기가 유서 깊은

폐허까지 따라온다

자 여러분,

우리는 지금 몇 시 몇 분 몇 초에

죽고 있나요?

∘ ∘ ∘

다니갑러나만 를스리앨 는저

앨리스 프로젝트 4
—불편한 것은 당신뿐

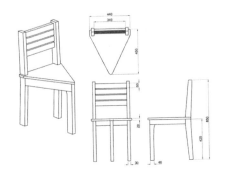

네 발 짐승이 되지 않아 다행이야

날 바라보는 두 발 짐승의 입장은 어떤가요

나의 웅크린 생각을 고백할게요

사실 나는 춤을 추고 있습니다

당신의 한쪽 다리가 기형이라고 외쳤어요

춤이 태어나지 못하는 다리가 있습니다

우리의 구역은 너무 헤퍼서 쉽게 무너질 수 있어요

태어나지 않은 다리는 어디서 자라고 있을까요

잎도 돋고 꽃도 피고 혼자서 아름다울 고백

당신은 두 발의 정지를 심었답니다

나는 당신이 위태롭기 바랍니다

° ° °

다니갑러나만 를스리앨 는나

앨리스 프로젝트 5

—TV는 사랑을 싣고

괜찮으냐는 물음에 아무렇지 않다고 대답했다

말이 끝나자마자 과식한 슬픔을 들켜버렸다

내 억양과 호흡은 등 굽은 구름처럼

변변치 못한 비를 내렸다

티브이 속 빗줄기가 마음껏 기교를 부리며 쏟아졌다

축축한 혈관은 못 참지

너 떠난 이후 우리 집 티브이는 왜 세모가 됐을까

내각의 합이 줄었다

너는 옛날이 되기 위해 뜨겁게 비를 맞고 있다

배려라는 독약이 나를 등변으로 몰았다

상처는 늘 과장이지 않는가

세모 난 세상 속으로 숨어들면

따듯하고 차가운 밥알을 아무렇지 않게 섭식하고

대사 잊은 배우처럼 뻔뻔하게 웃어 보여야지

몇 겹의 화장한 얼굴로

。 。 。

다니갈려나만 릏스리앨 는나

1인칭의 오류

어쩌지
점점 멀어지는 2인칭의 배경들

처음 발음해 보는 그 말
보색으로 칠해져 있었다

몹시 견디다 보면 몹시 견뎌지는 것들

1인칭이 왔어
결국 아름다운 발자국이네

헷갈려
도망가는 사람에게 방향이란 게 있을까

중요하지도 않은 것들을 실은 바퀴가
울먹이며 제자리를 돈다

1인칭은 맹렬한 바퀴의 소리를 들으며 3인칭이 된다

햇빛이 죄 많은 궤도를 따라 돈다
왜 천동설을 믿지 않을까

상한 것을 버릴 수 없는데
불 꺼진 목차를 읽어봐도
희박한 이름들뿐인데

왜 결국 3인칭뿐인가
도망가지 못하는 궤도 속
타는 냄새

추월당하는 얼굴들이 있었다

먼먼

손톱을 먹고 있다가 갑자기 궁금해진 거야

네 손바닥에 심어 둔 씨앗은 이제 싹을 틔웠니 곰곰이
생각해보니 나는 아직 배가 고프지 않았어 손가락 끝마
다 그믐이 되기 전에 너의 날개가 다 자라기 전에 더 많
은 말들을 곁에 둬야겠어

내 세상은 너무 추워서
식은 밥을 맛있게 먹듯 한참을 너를 끌어안고
억척스러운 내가 게걸스러운 내가
네 세상을 밀어낼 수밖에 없었어

여러 다발로 묶인 생각들을 보내고 싶은데 도착할 곳
은 있을까 너의 마당에 옮겨 심은 싹이 활엽이 될 때까지
세상의 모든 그늘을 나의 담장 밑에 묻어두도록 하자

안녕이라는 인사가 고작 몇 음절의 마중에 불과한 마음이라면

나는 어느 협탄층의 검정만큼 어두워질 테야 보고 싶다고 답장이 오기 전에 세상에서 가장 높게 말할 수 있는 높층구름의 몸짓으로 살고 있을게

언젠가 숨을 쉬지 않는 말들이 내 등에서 피어나고
뜻 모를 전두의 말들이 떠내려 와도
눈부신 정적을 도모할게
폐항의 문장처럼

오랫동안 에는 살결로 살아볼게

여수旅愁

도착한 곳은 오지였다
잊혀진 사람은 모두 오지였다

저녁 포구의 풍경이 구겨져 있었다

밤이 되면 밀물이 하늘까지 차올랐다
한 발의 뭍 위로 새로운 썰물이 시작되었다

비린 것이 그립던 저녁상이 아직 그대로였다
가시를 다 발라낼 때까지 신체를 회수하지 않았다

먼 바다는 야생이어서 멀리서 몰려든 소리가 무서웠다
내 발끝에 닿으면 바다의 무늬가 초원처럼 무너졌다
맛없는 풀들이 자라고 변명이 무성해졌다

눈을 감고 누군가의 유적지를 걸었다

모르는 사람들의 방언이 구전되었고
마모된 연안처럼 말수가 줄었다

그래도 밥은 잘 넘어가고
눈알 잃은 생선 앞에서 흥얼거리고
꼬리 없는 물고기가 아무렇지 않았다
모진 사람처럼 끼니를 챙기고 살았다

나는 지느러미도 없이 헤엄을 쳐야 했다
비늘만 필사적으로 반짝였고 밤마다
도망간 살 냄새를 쫓았다

어느 물목에서 찾아온 물음인지
그물을 던져도 바다는 묵묵부답이었다
연약한 수온은 자꾸 떨어지고
한밤중 오줌을 눠도 뜨겁지 않았다

한동안 갚지 못할 외상처럼

나는 잠시 여수에 살았다

스모스코

잘못했다

나는 종양을 키웠다
후회는 지름이 없어 가늠이 힘들다

　　　그러므로 나는 죽을 자격이 있겠다

독방 같은 계절에
외출 없는 계절에

창은 없어 죄를 말리기 어렵고 불면 또한 호흡이 없다

척추를 젓가락처럼 들고 소설 속 맛없는 안주와 대면
한다
속눈썹이 가여운 해마는 하늘의 횡격막까지 밀고 간다

꽃잎의 채널이 돌아갈 즈음

돌칼로 꽃대를 다듬는 나는

뿌리에 기름을 붓는다

사람을 부른다

외로움도 죄라서 거꾸로 걸었다

계절의 안쪽으로 목소리가 단단해졌다

시선이 관조를 결행하고

정죄를 묻는다

오늘은 회유어

관조는 아름답고 비유는 천박해서

손에 들린 망치가 천장 같던 가슴뼈를 부순다

코스모스의 이름으로 마름한다 결국 이번 계절도 나
혼자만

잘 못 했다

초대가 늦어서 미안해
그만하자 말한 후 피우는 담배는 어떤 맛이야

애도의 형식이었니

나름 지루한 변명을 기대했는데 그냥 지루였네, 아니
지루했네

미안 여전히 내 몸은 완곡해지지 않네

어눌한 대실 방식과 어중간한 빛의 물성까지 지루한
뉴스와 어눌한 날씨까지 차라리 생식도 마스크를 쓰고
할까 나는 눈이 예뻐서 하관을 지우고 넌 나를 마실 입이
필요하니 하관을 화관을

옆구리의 둔치에 버려둔

툭툭, 재들의 마음

그때 품으로 들어온 고양이 한 송이

정말 고양이를 죽일 작정이야

꽃을 말아 피우면 야옹

신념 같은 신음 소리를 낼 수 있을까

아무 소리도 내지 않고 사랑하면 저 고양이를 재울 수 있을 것 같아

꾸덕꾸덕

이런 말들을 좋아하고 내가 슬퍼하는 것들을 존중하기 위해 사람보다 더 좋은 것들이 탄생하고 허약한 사람이 나를 붙잡고 그런 나는 사람에게 먹히고 사람의 식사를 관찰하는 고양이 고양이 사랑하는 것들을 먹을 때 나는 소리 고양이 고양이

소리가 작동하는 방식을 이제 알 것 같아
이별해야 들을 수 있는 소리가 있나 봐
마음이 먼 곳에 살아야 몸은 산책을 시작할 수 있나 봐

그러다 발목 근처에 죽은 꽃을 아무렇지 않게 바라보기

인적 드문 계절을 확인하고

공터에 고양이 한 송이 심어 놓고 오기

고양이별의 초대를 기다리기

코를 고는 너의 등 뒤로 신나게 뛰어다니기

어딘지 몰라도 도착하면 도착한다면

미타쿠에 오야신(Mitakuye Oyasin)[*]
안녕이라는 이방인에게

인디언처럼 인사를 했다. 흰 까마귀가 울었다. 혼자 살던 할아버지가 자살했다는 집 쪽으로 날아간다. 인사를 받아주는 사람을 찾기 위해 기도하는 등들이 모인 곳으로 갔다. 교회에는 자살하지 않기 위해 모인 사람들의 몽타주가 걸려 있었다. 빈자리에 내 등을 밀어 넣었지만 그림은 완성되지 않았다. 인디언의 인사는 신을 모시지 않기 때문이라. 같은 도형의 기도를 포기하고 다시 흰 까마귀가 날아간 곳으로 기도문이 사라질 때까지 걸었다. 어쩌면 죽은 할아버지께 더 편한 자살을 배울지도 몰라. 내 목소리를 듣기 위해 침묵의 나날을 보내는 건 인디언의 관습이다. 울음은 내 목소리 중 가장 고음이어서 영혼의 무지개가 뜰지도 몰라. 우리는 서로를 잘 모르기 때문에 인디언의 인사를 쉽게 받아줄 거라. 함께 발끝을 공중에 띄우고 하얗게 불타버릴지도 몰라. 나는 인디언처럼 할아버지의 흰 신발을 신고 오랫동안 걸어보려 한다. 무지개 까마귀가 찾아와 등을 쪼아 먹기를. 기도에 지친 등을 모두 가져가기를. 우린 서로 잘 모르지만 온몸이 등이어서 다행이라고.

* 낯선 이에게 전하는 인디언의 인사. 하나로 연결되어 있음을 말함.

뱀을 지켜라

야경을 보기 위해 잠시 뇌는 꺼 둡니다

반짝이는 것들을 바라보고 있으니 그새 머리가 한 뼘 이나 길었습니다 옆에 앉은 달이 자꾸만 파도를 끌어당 기고 뇌리에 출렁이는 물결도 곧 펴질 듯합니다 어깨에 앉은 밤나비의 날개를 반으로 접었더니 그림자가 두 개 나 되었습니다 나는 밤을 구경하러 와 놓고 자꾸만 불빛 만 보고 있네요 뇌가 없는 감각은 이토록 편식만 합니다

다시 왕성한 식욕의 뇌가 눈 부비고 일어나 밤의 횡격 막을 더듬습니다 나를 소화시킨 위장의 둘레가 궁금해 손 가락 마디로 밤을 읽어갑니다 호모 사피엔스의 오래된 주 름이 측량을 방해하네요 차라리 손가락을 잃고 싶습니다

마디가 사라지면 밤의 골격이 만져질지도 모르겠습니 다 마디가 하나 모자란 엄지는 나를 닮았기에 다시 호주

머니에 넣었습니다 부끄러운 마디가 습관처럼 잠든 뱀
머리 주변을 서성입니다 잘려 나가지 않은 얼굴도 하나
쯤 있어야겠습니다

　뱀은 고집만 있고 얼굴이 없습니다 고개 들어 밤을 두
리번거립니다 숨구멍을 찾는 건 아닙니다 거짓으로 사랑
하면 시체냄새가 나기 때문이죠 손가락처럼 잘릴 마디가
없어서 다행입니다 얼굴은 늘 착하게 살고 뱀은 휘파람
을 잘 붑니다

　풍선처럼 바람을 붑니다 밤이 뚱뚱해지고 빛나는 먼지
들이 끈적끈적합니다 숙련된 여자의 입술이 생각나고 결
국 생각이란 걸 하다가 뱀의 대가리가 피를 토하는 꿈을
꿉니다 볼을 꼬집어보고 안도하는 얼굴입니다 뱀이 허물
을 벗고 잠든 나를 깨웁니다

나는 아직 얼굴입니다

블涙투스 1
—부재중 전화

열리지 않는 목관 위에

녹슨 못 하나

박혀 있다

블涙투스 2
—부디

이녁은 누웠고

나는 수척해졌다

착목한 저녁을 물었다

씽크 홀

—Think hole

철퍼덕 주저앉은 사람을 보면 함께 비를 맞고 싶다

비를 맞으면 나보다 세상이 먼저 위태로워진다 땅이 꺼진다 지반의 근육은 비의 침식을 견디지 못한 걸까 아니면 주저 않는 사람의 하중마저 삼켜버린 걸까 눈물을 허용해 줄래 오늘은 눈물이 오래 머물다 갔으면 좋겠어 주저앉은 것들의 나라엔 웅덩이가 많이 생겼다 대책 없는 침전 앞에 구류된 물들이 바다의 시작이라면 난 너보다 바다를 안고 울래 내가 뒤척일 때마다 첨벙대는 웅덩이들을 본다 썰물이 시작되면 길이 보일 거예요 같은 길은 처음부터 거기 있었죠 사람의 물기는 독해서 내가 미안합니다 양동이를 가져와 봐 공중에 걸린 주저앉은 것들의 숨을 본다 아픈 사람들의 마음에 무채색이

자란다 수직은 이렇게 아름다운데

괜찮아

나보다 더 깊은 나라의 숨골

생각이 우비를 입고 서 있어

곶串

며칠을 한 곳만 바라보았다

바다도 아픈 모서리가 있었다

헝클어진 파도를 대충 묶고 목 늘어진 해변을 걷는다

적확한 풍경을 좋아한 적도 있었다

정확한 발음을 입에 물고 시들어가는 사람들

못 다한 말들이 계속 출렁거렸다

그리운 말들은 바닥보다 깊었고

변명은 계속 지워지기만 했다

바다는 어제도 바다였고 아픈 곳은 자주 두근거렸다

마음이 심장 근처라는 착각도 변함없었다

한참 만에 돌아온 흰 거품은 다시 거품으로

물결만 새 옷으로 갈아입었다

늑골이 자라지 못하는 곳

그런 곳에 마음이 살았다

테라포밍

고양이가 여자의 손바닥을 쓰다듬는다 빈곤한 지구를 핥는다 여자는 또한 등뼈가 솟아오르는 기분을 안다 곤두선 무게가 부드러워질 때까지 고양이는 녹아야 한다

잠시 나무는 고전적이다 소매를 잡아당기는 잎들은 자신의 고독을 모른다 우연히 들어온 풀빛은 회복되었다 바람은 독대를 피하고 여자는 잠시 지구가 끓는 소리를 엿듣는다 고양이가 하품을 한다

몸말이 모두 소비되면 편지를 쓸 수 있을 것 같았다 첨벙첨벙 설레는 말로 조금씩 얕아지는 지구와 간지러운 발등 고양이를 주워 담는다 꽃은 필 자격이 있다 조곤조곤 꽃들의 발화

돋는다
아멘처럼 외친 omen

돌입

조금 걸었고 폭동은 멈췄다 성가신 비라고 말해도 될
까 나는 봄도 아닌데 아마도 라는 말이 습관이 된 건 저
기 뭉치 때문이라고 또는 목적을 지우는 사람의 관습 같
은 아무튼 다시 꽃그늘

틈마다 발생하는 하늘이 있었다 반대로 걷는 사람들과
얼굴을 마주하는 사태에 대해 비겁한 표정을 마주한 것 또
한 오랜만이었고 고독이라는 고급스러운 말보다 '아아' 처
럼 손쉽게 나를 줄임말로 설명하고 싶었을지도

벚꽃이 너무 높이 살아서 목 긴 공룡을 상상해보다가
브라키오사우르스처럼 쓸데없이 긴 후음 말고 젠장 나는
난데없이 자연선택설을 믿는다 라고 또는 선택하기도

선택받기도 모두 애매한 계절의 곳
달려드는 틈새로 몰입을 시도했다

'아아' 곧

멸종인 건가

사막 고래

물감을 다 써 버린 사람의 손가락은 너무 건조해서 고래를 상상하지 못한다

선인장도 흔들리면 활엽이 되는 밤

치명적인 독감을 앓고 있는 신비처럼 나는 몽유를 데리고 간다 악몽도 모두 가루가 될 때까지 걷다 보면 나는 저기 붓의 끝에서 밤의 보호색이 될 것 같다

가끔 혼자 놀고 있는 당신의 물감을 흉내 내다가 당신이 잠든 하얀 시트 위로 얼룩이 되는 표정을 본다

자신의 몸과 내 몸을 섞으면 검정색이 될 거라고 말하던 헤어진 애인 생각이 잠시 번지다가 곧 붓을 놓았다

밤의 보호색이 죽음과 가까운 명도일지도 몰라

자다 죽더라도 나는 지금 자고 싶은데 혼자 울고 있을 고래를 생각하다 그만 혀를 깨물고 만다

동물성 기름이 입안에 가득 차 수많은 검정이 쏟아질 것 같았다

자위라는 문장이 너무 예뻐서 죽기 전에 손가락을 물고 있다

서로의 검은 동자를 지우면 우리 하얀 물감처럼 보일까

나는 고래가 멸종한 이유를 묻다가 천국으로 가는 주문을 중얼거렸다

온몸으로 푸른 밤이었다

타버린 너의 숲을 우리 오래도록

임지훈(문학평론가)

아이와 대화하는 일은 늘 흥미롭다. 언어를 아직 능숙하게 부리지 못하기에 아이는 매 순간 표현과 의미 사이의 간극을 의식한다. 부족한 언어와 넘쳐나는 의도 사이에서 아이는 자신의 경험 세계 속에서 언어를 찾아 필사적으로 헤맨다. 그래서 아이는 매순간 창조적이다. 자신의 표현에 대한 옳고 그름을 오직 자신의 의도를 기준으로 생각하기에, 아이의 언어는 매순간 예술적 창조적 순간에 가닿는다.

부족한 언어와 넘쳐나는 의도 사이의 간극. 마치 아이가 그러하듯이, 이 간극은 우리를 창조의 고통 속으로 밀어 넣는다. 세계와 언어 사이에는 늘 간극이 존재하고, 언어적 존재인 인간은 그 간극으로부터 영원히 자유로울 수 없기에 우리는 매순간 고통 속에서 살아간다. 아이와 어른의 차이는 고통에 반응하는 방식이다. 아이는 자신의 의도를 타인에게 전달하는 것이 가능하리라고 믿는다. 자신의 언어가 그것을 표현할 수 있으리라 믿는다. 하지만 어른은 그렇지 않다. 오직 언어를 통해 표현할 수 있는 것만이 내면에 남는다. 그럼에도 내면의 모든 의도를 언어를 통해 표현할 수는 없으리라는 것을 알고 있다. 객관적인 것으로서의 언어가 어떻게 한 사람의 내면에서 굴절되고 개인화되는지 알기에, 어른은 때때로 입을 다문다.

정확하게 표현한다는 관점에서 바라본다면 아이의 언어는 어른의 언어와 다르다. 그들에게 정확함이란 타인에게 기준이 맞춰져 있는 것이 아니라 자기 자신에게 맞춰져 있다. 반면에 어른에게 정확함이란 타인에게 자신의 의도가 얼마만큼 전달되었는가에 맞춰져 있다. 서로 다른 정확함 사이에서 아이의 언어는 평가절하 되며, 타인의 이해에 자신의 언어를 교정하는 과정을 거친다. 그 증거로, 아이는 침묵을 배운다. 부족한 언어와 넘쳐나는 의도 사이에서 거듭되는 미끄러짐을 통해 미지의 언어로 나아가는 대신, 그 사이의 간극이 영원히 메워질 수 없다는 사실을 배우며 걸음을 멈춘다.

하지만 생각해보면, 우리가 걸음을 멈춘 건 단지 지쳤기 때문인지도 모른다. 사실은 아이도 자신의 의도를 타인에게 완벽하게 전달하는 것이 불가능하다는 것을 첫 울음의 순간부터 알고 있을 것이다. 그럼에도 아이가 말을 계속 이어갈 수 있는 건 그 간극이 언젠가 메워지는 순간이 도래하리라는 불확실한 희망을 믿기 때문이 아니라, 바로 그 실패의 연속을 통해서만 우리는 우리 자신의 형상을 그려낼 수 있기 때문이 아닐까. 불확실한 의도와 불확실한 감정과 불확실한 느낌과 불확실한 앎 속에서는 실패만이 유일한 명징함이므로.

이 시집에 수록된 「독경」이라는 시에서, 화자는 단단한 세계에 가로막힌 자신의 언어를 가꾸는 숲지기이다. 은유를 통해 만들어진 세계 속에서, 화자는 거듭 자신의 언어를 키우며 숲을 가꾼다. 그러나 어느 순간, 그렇게 키워낸 숲이 포화상태에 이를 때, 숲은 불타오르기 시작하고 불은 모든 것을 태워버린다. 단단한 세계를 넘어서고자, 혹은 그것과 겨루면서, 그것도 아니라면 적어도 그 세계의 경계를 구성하고 있는 '나'의 언어는 어떠한 목적도 이루지 못한 채 불타올라 까만 재로 남고 만다. 단단한 세계는 그대로 단단할 것이며, 나의 언어는 여전히 단단한 세계의 경계 너머에 존재하게 될 것이다.

　나는 이것이 비유이면서 비유가 아니라고 느낀다. 화자의 언어는 단단한 세계와의 관계에 있어 자신의 목적을 성취하지는 못했지만, 스스로 불타올라 사라짐으로써 세계의 단단함을 보여주고 증명했으므로 이것은 실패한 언어이면서 실패하지 않은 언어다. 아마도 세계의 단단함을 보여주는 것 자체에 그의 의도가 있는 것은 아니었겠지만, 적어도 그는 자신의 언어를 통해 비의도적인 무언가를 적어도 하나는 남긴다. 그 순간을 위해 그의 언어의 숲이 불타오르기 시작한 것은 아니었겠지만, 그렇게 해서 이 자리에는 세계의 단단함이 슬프도록 뼈저리게 남는다. 눈을 감고 걸음을 멈추는 대신 그 메워질 수 없는 간극 속으로 거듭 걸어갔기에 이 자리에는 슬픔이 남는다. 그 슬픔의 모양을, 사건의 현장처럼 남겨진 그을린 자국을 주체라고 불러도 좋을 것만 같다.

송용탁의 시집에서 슬픔을 느낀다는 건, 당신이 그 그을린 자국에 자신의 몸을 포개어 보았다는 증거이다. 송용탁이 언어를 통해 그려낸 자신의 슬픔이 당신으로 하여금 그 자리에 스스로를 세워보도록 요청했고, 그 요청이 당신의 마음을 움직였다는 이야기이다. 그것이 바로 이 시집에서 반복되는 주어이자 시어, '나는'의 정체이다. 자신에 대해 말하고 있음에도 자신에 대해 설명하지 못하고 단지 텅 빈 채로 영원히 이 자리에 남아있는 '나는'의 기능이다. 우리도 여전히 우리에 대해 모르고, 우리가 가진 자신에 대한 앎이란 단지 불투명한 희망과 근거 없는 믿음에 불과했다는 폭력적인 사실을 마주하는 경험이다. 자신에 대해 설명하는 것에 실패한 언어가 어떻게 타인의 마음에 균열을 일으키는가에 대한 증명이다.

「척력」에서 화자는 아이의 몸을 빌어 자신이 마주한 현실을 한 편의 이야기로 뒤바꿔놓는다. 그 이야기는 달과 바다라는 알레고리를 축으로 삼아 자신의 현실을 재구조화한다. 이해할 수 없고 받아들일 수 없는 현실 앞에서, 아이는 자신의 부족한 언어 속을 필사적으로 유영하며 그것을 자신이 받아들일 수 있는 것으로 만들고자 노력한다. 마음은 그 속에서 바다와 같은 물성을 갖게 되고, 부피가 변하지 않아도 때때로 흘러넘치는 까닭을 알게 된다. 아이의 몸을 빈 화자가 자신의 현실을 부정하거나 거부하는 대신 그것을 받아들이고자 필사의 언어적 사투를 벌임으로써, 우리는 볼 수도 만질 수도 없는 마음이라는 추상적인 사물의 물성에 대해 알게 되는 것이다.

그러한 의미에서 아이의 언어는 부정확함 속에서 정확함이 피어나게 만든다. 돌이켜 말하자면, 우리에게 있어 마음과 같은 사물은 그 자체로 똑바로 겨눠질 수 없는 대상이다. 오직 부정확한 겨냥을 통해서만 그 자체의 일부나마 감각할 수 있게 된다. 송용탁의 시적 언어란 바로 이 부정확함을 통해 정확함을 피어나게 하는 일련의 절차이다. 그의 시가 때때로 길어지는 것도, 원관념과 보조관념 사이의 간극을 무시하는 폭력적인 은유를 통해 초현실적인 순간을 창조해내는 것도, 모두 이와 같은 절차의 일부일 것이다. 정확한 언어의 순간이란 이처럼 언어적 실패를 배경으로 하여 찰나에 가까운 시간 동안 피어난다는 것, 그것이 이 시집이 담고 있는 진리의 한 조각이 아닐까 싶다.

　하지만 나에게는 그러한 시적 언어의 절차보다 마음이 쓰이는 일이 하나 있다. 여전히 아이는 이 자리에 남아 있으며, 자신을 해명하지 못한 주어도 여전히 이 자리에 남아 있으며, 눈앞의 현상들을 이해할 수 없는 신비로 바라보는 눈이 여전히 이 자리에 남아 있기 때문이다. 그을린 슬픔과도 같은 인간의 자리가, 구조와 기능에 대한 설명 이후에도 여전히 시집에 남아있기 때문이다. 눈앞의 세계와 눈뒤의 자신을 어떻게든 바라보려 애쓰며 거듭되는 고통 속에서 자신의 언어를 떠올리기 위해 때로는 불에 타오르고 때로는 자라나며 그들은 계속해서 이 자리에 남아있을 수 있을까. 혹은 단단한 세계 속에 포섭되어 타인의 언어를 제 것으로 빌려 언젠가는 설명할 수 없는 사실들에 걸음을 멈춰버리진 않을까.

　「독경」의 마지막 구절에서 화자는 다음과 같이 말한

다. "나의 언어가 까매졌다" 오래도록 가꿔온 언어의 숲이 타오른 모습을 바라보며 화자가 하는 말이다. 그런데 이상하지. 모든 나무가 타버리도록, 숯이 될 때까지 너의 몸이 타버린 후에도, 너의 언어는 까맣게 그을리기만 했을 뿐이라는 게. 너의 언어가 아직도 살아남아 있다는 게. 너의 언어가 타버린 숲의 잔해 속에 숨어 있다는 게.

처음에 나는 이것이 마치 유언처럼 느껴져서, 사람이 죽고 난 뒤에도 그가 한 말이 무덤 위에 남아있는 풍경처럼 느껴져서, 그것이 쓸쓸하고 슬픈 일이라고 생각했다. 하지만 그렇게만 생각할 수는 없을 것이다. 우리는 타버린 숲의 자리에서 무언가가 다시금 자라나리라는 것을 안다. 이 모든 것이 단지 시적 정황을 위해 창조된 것이 아니라는 것을 안다. 모든 시인은 자신의 것으로 믿어온 언어가 소실되는 경험을 한 번쯤은 경험하게 된다는 것을 안다. 그는 계속 실패할 것이다. 그는 계속 자신이 가꾼 언어의 숲이 불타오르는 것을 보게 될 것이다. 그리고 그 속에서 거듭 그을린 언어를 건져낼 것임을 안다. 그 자국이 오래도록 우리의 슬픔을 끌어당길

것임을 믿는다. 그리하여 이 모든 세계가 불타오르게 된다 하여도 그것이 단지 끝을 의미하는 것은 아님을 믿게 될 때까지. 당신이 계속 탄생할 것을 믿는다.

세계의 고아

ⓒ송용탁

2024년 3월 29일 초판 1쇄 발행

지은이 송용탁
펴낸이 김재범
펴낸곳 (주)아시아
출판등록 2006년 1월 27일 제406-2006-000004호
전자우편 bookasia@hanmail.net

ISBN 979-11-5662-695-4 03810